I0613604

LOUIS TIERCELIN

2126

LES CLOCHES

Ah ! c'est moi, pour moi seul, là haut retentissant.
(La cloche du village. LAMARTINE).

FAC ET SPERA

PARIS
ALPHONSE LEMERRE ÉDITEUR
23-31, PASSAGE CHOISEUL, 23-31

M DCCC XCI

LES CLOCHES

Nous sommes les oiseaux de bronze très fidèles
Au granit des clochers Bretons...

L. T.

8ᵛ Yₑ
3167

DU MÊME AUTEUR

POÉSIE

Les Asphodèles . . . . 1 vol.
Primevère, poème . . . . 1 vol.
L'Oasis . . . . 1 vol.
Les Anniversaires . . . . 1 vol.
La Mort de Brizeux, poème . . . . 1 vol.
Les Jongleurs de Kermartin, poème . . . . . 1 vol.
Dans la Boutique, poème . . . . 1 vol.
Le Parnasse Breton Contemporain, recueil de vers des
poètes bretons contemporains, en collaboration avec
J. G. Ropartz. . . . . 1 vol.

THÉATRE

L'Occasion fait le Larron, comédie en un acte, en vers. 1 vol.
L'Habit ne fait pas le Moine, comédie en deux actes, en
vers . . . . 1 vol.
Marguerite d'Ecosse, poème dramatique en un acte . . 1 vol.
Les Noces du Croque-Mort, comédie en un acte, en vers. 1 vol.
L'Heure du Chocolat, proverbe en un acte . . . . . 1 vol.
Un Voyage de Noces, drame en quatre actes, en vers
(Odéon) . . . . 1 vol.
Stances a Corneille, (Comédie-Française) . . . . . 1 vol.
Corneille et Rotrou, comédie en un acte, en vers. (Odéon) 1 vol.
Le Rire de Molière, à-propos en un acte, en vers (Comédie-
Française). . . . . 1 vol.
Le Cœur Sanglant, drame historique en huit tableaux, en
vers. . . . . 1 vol.

ROMAN

Amourettes . . . . 1 vol.
La Comtesse Gendelettre. . . . . 1 vol.

Reproduction interdite. Tous droits réservés.

LOUIS TIERCELIN

———

LES CLOCHES

Ah! c'est moi, pour moi seul, là haut retentissant.
(La cloche du village. LAMARTINE).

FAC ET SPERA

PARIS
ALPHONSE LEMERRE ÉDITEUR
23-31, PASSAGE CHOISEUL, 23-31

———

M DCCC XCI

Les Cloches

Au Maître, a Leconte de Lisle.

LES HOMMES PARLENT

DANS l'azur des cieux clairs et l'ombre des cieux noirs,
  Pourquoi toujours jeter, graves ou folles,
    Cloches, par les matins et par les soirs,
Les vains accords de vos musiques sans paroles ?

Des tintements, pourquoi ? Pourquoi des carillons ?
    Il est passé, le temps des rêveries !
    A vous entendre ainsi nous sourions ;
Croyez vous qu'on écoute encor vos sonneries ?

Autrefois, vous berciez le sommeil des bons vieux
     Et vous voulez nous tinter leurs reproches !
     Ils vous faisaient chanter ; nous ferons mieux :
Vous serez des canons, demain, mes vieilles cloches !

Des canons ! c'est toujours un de ces rêves fous
     Où se prenait le cœur des anciens hommes !
     De ce métal perdu frappons des sous ;
Du haut des tours croulez, cloches, en fortes sommes !

Cloches, apprenez l'art d'être utiles enfin !
     Résignez vous à l'emploi salutaire ;
     Le ciel est clos et l'Idéal divin
S'est effondré piteusement sur notre terre.

LES CLOCHES RÉPONDENT

Non ! l'Idéal divin subsiste ; dans nos flancs
     Palpite une âme inassouvie,
Et pourvu qu'une main suscite nos élans,
     Tintant la mort, carillonnant la vie,
Toujours nous sonnerons nos airs gais ou dolents.

Nous sommes les oiseaux de bronze très fidèles
        Au granit des clochers Bretons ;
Dans la cage de pierre où se heurtent nos ailes,
        Joyeusement captives, nous chantons,
Sans même effaroucher le vol des hirondelles.

Pour en faire des sous, notre bronze est trop pur
        Et pour vos canons trop sonore !
Il est des cœurs en qui votre espoir n'est pas sûr
        D'anéantir la cloche où vibre encore
L'écho retentissant des choses de l'azur.

Aprement ruez-vous aux besognes serviles,
        Le front bas et le corps plié,
Mais laissez nous sonner, sur le fracas des villes,
        Très doucement, le repos oublié
Des Dimanches pieux et des heures tranquilles.

Si vous ne savez plus, pour être trop savants,
        Comprendre encore ce qui chante,
Souffrez que les vieillards, les femmes, les enfants
        Cherchent en nous cette grâce touchante
Du souvenir fidèle et des rêves vivants.

Vers les champs, tant qu'Avril, ayant l'Amour pour leurre,
 Entraînera les amoureux,
Pour le départ ou le retour annonçant l'heure,
 Nous enverrons, amicales, vers eux,
Notre salut qui rit ou notre adieu qui pleure ;

Et tant que les rêveurs trouveront dans les bois
 Le repos sur les fraîches mousses,
Éveillant aujourd'hui les échos d'autrefois,
 Nous donnerons nos voix lentes et douces
Au silence des nuits qui demande une voix.

Ces appels consolants, ne les faites pas taire,
 Qui parlent d'espoirs fabuleux !
Ne fermez pas, là haut, le Chemin du Mystère,
 Et laissez les rêver des Pays Bleus,
Tous ceux dont l'âme est inquiète sur la terre.

LES CLOCHETTES

Vous me psalmodiez je ne sais quelles plaintes
Et quels vagues sanglots, veuves inconsolées,
D'amours ensevelis dans l'herbe des allées,
De rayons disparus, d'auréoles éteintes !

(Les Chrysanthèmes, ÉDOUARD BEAUFILS.)

Mortuas plango...

Au Pays du Rêve

A J. M. DE HEREDIA.

JE rêve l'Inconnu, j'ai soif de l'Impossible,
Et, vers un But très haut, mes Désirs anxieux
Volent comme une flèche ardente, ayant pour cible
La Fleur de la Montagne ou l'Étoile des Cieux.

Je voudrais les pouvoir saisir, tous ces Mensonges
Qui dressent devant moi ton Mirage alléchant,
O Terre Sidérale, où vivent dans mes songes
La Couleur et la Forme et le Rythme et le Chant.

Par tes vallons et par tes bois et par tes plaines,
J'irais, Pays du Rêve, aspirer lentement
Les arômes subtils dont les molles haleines
Autour de moi feraient comme un enlacement.

Sur les monts les plus hauts, au choc des avalanches,
Je heurterais l'orgueil de mon front indompté,
Pour y choisir, parmi les neiges les plus blanches,
Un Voile radieux à ma Virginité.

Dans les fauves rayons du Soleil qui la dore,
Je plongerais ma chevelure aux flots soyeux ;
Sur ma joue estompant les roseurs de l'aurore,
Je mettrais tout l'azur de la nuit dans mes yeux.

J'écraserais des fleurs de pourpre sur mes lèvres ;
Dans la mer je prendrais des perles pour mes dents,
Et la Lune qui tient ma Pensée en ses fièvres,
Se glisserait, très douce, entre mes bras ardents.

Et, dans l'heureux oubli des Anciens Jours moroses,
En proie à cette ivresse aux magiques accords,
Sur un lit constellé d'edelweiss et de roses,
J'étendrais la blancheur sereine de mon corps.

J'écouterais monter les pures Harmonies
Où le Silence et l'Ombre ont uni leurs élans ;
Et la Voix qui se plaît aux langueurs infinies
Bercerait mon Extase en des cantiques lents.

Et je regarderais la pâle Silhouette,
Longuement, longuement et longuement encor,
Et j'entendrais les vers très doux du doux Poète,
Doucement incantés par la douce Voix d'or.

Les heures, autrefois lentes, me seraient brèves,
Et, sans regrets, sentant mon Être se briser,
Je mourrais du bonheur d'avoir vécu mes Rêves,
En avouant Son Nom dans un vague baiser.

L'Arc en Ciel

Pour A. Le Braz.

Souris ! car le sourire est suave à ta bouche ;
Il entr'ouvre la fleur de tes lèvres. Souris,
Pour faire étinceler, comme un bijou farouche,
Le collier de tes dents envié des houris.

Pleure ! Tes yeux sont beaux et j'en aime les charmes,
Mais, sous ce voile triste, ils me sont plus charmants.
Pleure ! Quand à travers tes cils brillent des larmes,
Je vois pâlir l'éclat des plus purs diamants.

Souris ! C'est un rayon sur ta lèvre rosée,
Et mon âme s'échauffe à ce soleil vainqueur.
Pleure ! Je sens, ainsi qu'une douce rosée,
Les larmes de tes yeux scintiller sur mon cœur.

Sur tes larmes, souris ; sur ton sourire, pleure !
Pleure et souris, souris et pleure tour à tour !
Pleure ensemble et souris, pour qu'à l'aube meilleure,
Luise, gage d'espoirs, l'arc en ciel de l'amour.

Rêve Crépusculaire

A Raymond de Latailhède.

A l'heure où tombe un crépuscule lent
Sur le déclin des jours d'hiver moroses,
Toi, rougissante, et moi, tremblant,
Nous cueillerons des fleurs d'edelweiss blanc,
Nous cueillerons des roses roses.

Comme le soir qui vient est accablant !
Quelle langueur des êtres et des choses !
Oh ! que ton amour est troublant !
Tous deux, dressons un lit d'edelweiss blanc,
Auprès d'un lit de roses roses.

Viens ! laisse choir ton beau corps nonchalant
Et dans mes bras maigris par les névroses
    Qu'il s'abandonne en chancelant.
Oh ! qu'il est doux, le lit d'edelweiss blanc !
    Oh ! doux, le lit de roses roses !

Dormons, veux tu ? Rêvons, faisons semblant
D'être morts, dis ? Yeux clos et bouches closes,
    N'ayons qu'un seul cœur pantelant !
Et perdons nous, blancs, dans l'edelweiss blanc,
    Et roses, dans les roses roses.

Perindè ac Cadaver

A Lionel de la Laurencie.

Dans le cher souvenir fatidique des charmes
    De la douce que j'aimai,
Heureux jusqu'à pleurer de très suaves larmes,
    Je suis enfermé.

C'est une obsession de l'influence amie
    Qui toujours palpite en moi,
Et le rêve où je dors mon sommeil de momie
    N'a pas d'autre émoi.

C'est un enroulement de tendresse si tendre
Que son jeune petit corps
Comme un suaire blanc semble toujours s'étendre
Sur mes désirs morts.

Sa bouche m'a serré d'un ardent ruban rouge,
Et pour jamais je suis pris
Dans le lacis très fort et dont plus on ne bouge
De ses regards gris.

Ses cheveux noirs me font une atmosphère sombre
Et, fasciné sous leur poids,
Mort, je vis et, vivant, je meurs, parmi cette ombre
De très doux effrois,

Où je la sens venir imposer ses pensées
Aux réveils de ma langueur
Et torturer mon front avec ses mains glacées
Et manger mon cœur.

Sous Bois

A Jos Parker.

Marcher dans les bois, un jour de printemps,
Lorsque le soleil, à travers les branches,
Sur les buissons pleins d'éveils palpitants
Allume des fleurs roses, rouges, blanches...

Voir les papillons voler, les oiseaux
Se blottir à deux au milieu des mousses
Et sentir passer la fraîcheur des eaux
Par tout l'être empli d'émotions douces !

Et quand vient la nuit, très calme, s'asseoir,
Pour mieux écouter les voix paresseuses
Qui chantent au cœur, dans la paix du soir,
Sur des rythmes lents, de molles berceuses !

Oh ! comme c'est bon ! Oh ! comme c'est pur !
Et comme toujours nos âmes en elles
Ont rêvé d'avoir, sous le même azur,
Des jours infinis, des nuits éternelles !

Lamento

RAPPELEZ VOUS, c'était pendant une soirée :
Vous étiez tout en bleu, je m'approchai de vous ;
Votre voix était douce et vos yeux étaient doux...
Et depuis ce soir là vous fûtes adorée.

Las ! mon cœur se lamente en regrets superflus ;
Je vous aime toujours et vous ne m'aimez plus !

Je fis des vers pour vous. Amoureux et poète,
En rythmes caressants je disais mon émoi.
« Je veux les lire, avez vous dit, donnez les moi. »
Et je vous les donnai, l'âme très inquiète.

Las ! mon cœur se lamente en regrets superflus ;
Je vous aime toujours et vous ne m'aimez plus !

Un autre soir, rappelez vous, à la fenêtre,
Nous regardions briller les étoiles aux cieux ;
Je ne vous disais rien et vous baissiez les yeux ;
Une molle tiédeur envahissait mon être.

Las ! mon cœur se lamente en regrets superflus ;
Je vous aime toujours et vous ne m'aimez plus.

Calmes bonheurs d'enfants, nous n'en voulions point d'autres !
Et, pour que nous fussions heureux comme des fous,
C'était assez, sur le clavier, rappelez vous,
Que mes doigts en jouant effleurassent les vôtres.

Las ! mon cœur se lamente en regrets superflus ;
Je vous aime toujours et vous ne m'aimez plus.

Chanson de Femme

A Théophile d'Haucour.

Il est très beau, celui que j'aime !
Sa peau rose semble une gemme
Rutilante aux feux du printemps.
Sur ses tempes, comme les ailes
De deux noirs corbeaux palpitants,
Ses cheveux ont des étincelles.

Les lèvres de mon bien aimé,
Dont l'arc est ouvert ou fermé
Pour la caresse ou la morsure,
Ses lèvres aux reflets ardents
S'ouvrent ainsi qu'une blessure
Parmi les perles de ses dents.

Ses yeux sont comme des fleurs bleues.
En vain ferait on mille lieues,
Des abîmes jusqu'aux sommets,
Dans les neiges ou dans les mousses,
On ne rencontrera jamais
Deux petites fleurs aussi douces.

Ses ongles polis et taillés
Sur ses mains ont l'air effeuillés
Du cœur de très mignonnes roses ;
Ses doigts souples et nonchalants
Se groupent en si douces poses,
Pareils à de longs oiseaux blancs !

Sa démarche onduleuse et lente
A des balancements de plante
Que le vent courbe avec amour ;
Il révèle à mon âme éprise
Plus de lumière dans le jour
Et plus de parfums dans la brise.

Laissez vous aimer

L AISSEZ VOUS aimer et ne m'aimez pas.
Mon amour, à moi, c'est un amour sombre
Et je ne veux pas navrer de son ombre
Le riant chemin que suivent vos pas.

Laissez vous aimer et ne m'aimez pas;
Craignez de l'amour jusqu'au mot lui même
Et si je vous dis, un jour : Je vous aime !
Ne répondez rien, ou parlez si bas !...

Laissez vous aimer et ne m'aimez pas !
Pour passer joyeuse, à travers le monde,
Dans votre beauté royalement blonde,
Ne vous pâmez point tremblante en mes bras.

Laissez vous aimer et ne m'aimez pas ;
Et quand mon désir pleure sur mes lèvres,
Fermez votre bouche au cri de ses fièvres ;
Fuyez des baisers dont on meurt, hélas !

Laissez vous aimer et ne m'aimez pas.
Ignorez toujours, ô froide statue,
Que l'amour est doux mais que l'amour tue.
Moi, je puis mourir ; mon cœur est si las !

Et quand je mourrai de ce bon trépas,
Un autre viendra vous aimer encore :
Souriez toujours à qui vous adore ;
Laissez vous aimer, mais ne l'aimez pas !

Le Maître

Ton corps est à cet homme ! Il suffit ; qu'il le garde !
  Tu ne peux être à moi, m'as tu dit, et pourtant
Ton être tout entier frémit en m'écoutant
Et je me meurs d'amour lorsque je te regarde.

Tes lèvres ont tremblé sous l'effroi des aveux,
Quand ton nom palpitait doucement sur ma bouche,
Mais un serment t'enchaîne à ce maître farouche ;
Qu'il soit donc fait, chérie, ainsi que tu le veux.

Et ne crains rien de moi, même dans ta faiblesse ;
Tu connais mes désirs et je connais les tiens :
Par le rêve des cœurs lorsque tu m'appartiens,
Le reste importe peu ; mon dédain le lui laisse.

Et, puisqu'il a des droits, cet homme, à tes égards,
Donne lui tes deux mains sans scrupule et sans crainte,
Mais tu ne livreras qu'à moi seul leur étreinte ;
Abandonne tes yeux, mais sauve tes regards.

Ton sourire est à moi, qu'il prenne donc tes lèvres !
Tout son bonheur brutal et public vaudra t'il
La douce intimité dont le charme subtil
Éveille en nous l'émoi des idéales fièvres.

Vainement prétend il te posséder ! En vain
Se nomme t'il encor ton seigneur et ton maître ;
Moi, seul, je suis ton maître et moi, seul, je puis être
Ton vrai seigneur, par droit de notre amour divin.

Il a le foyer, lui ! qu'importe, j'ai la flamme !
Il possède la lyre et j'en ai les accords,
Et, s'il peut se vanter d'avoir ton jeune corps,
Tu n'appartiens qu'à moi, car j'ai toute ton âme !

Pourquoi t'aimer ?

POURQUOI t'aimer ? Je ne sais pas.
    Peut être pour souffrir ! Pour être heureux peut être !
Pour te crier très haut ou te dire très bas
Que je suis ton esclave, en me croyant ton maître.

Pourquoi t'aimer ? Je ne sais pas...
Si ce n'est pour languir de l'amour qui nous lie
Et dont ton cœur bientôt, sans doute, sera las,
Dans l'effort impuissant de vivre une folie.

Pourquoi t'aimer ? Je ne sais pas !
Oh ! oui, pour être heureux de ce désir sans trèves
D'aimer en toi ce qui n'y peut pas être, hélas !
Et pour voir fuir toujours mes impossibles rêves !

Ton Mouchoir

JE te revois encore, au fond de la voiture ;
Moi, j'étais devant toi, mais d'autres étaient là !
Soudain tu tressaillis et ton mouchoir voila
Ta bouche où les baisers frémissaient en torture.

Tes yeux cherchaient les miens. Si j'avais été seul,
Nous aurions échangé les meilleures tendresses ;
Mais d'autres étaient là ! De toutes ces caresses,
Tristement, ton petit mouchoir fut le linceul !

Même tu n'osais pas, à l'abri de ton voile,
M'abandonner tes mains que je voulais saisir ;
Et tes jolis doigts longs, crispés d'un vain désir,
Étouffaient une folle étreinte dans la toile.

Comme, au fond de mes yeux, mes rêves plus ardents
S'irritaient, ton regard soudain devint plus triste,
Et, tout à coup, je vis sur la frêle batiste
Un sillon que trouait la rage de tes dents.

Et puis, d'un mouvement de coquette qui joue,
Ainsi qu'un éventail agitant ton mouchoir,
Tu t'en couvris les yeux, mais j'en avais vu choir
Deux larmes, un instant brillantes sur ta joue.

*
* *

Un jour, tu me donnas, souvenir adoré,
Ce cher petit mouchoir imprégné de tes larmes.
Complice de nos cœurs, à l'heure des alarmes,
Il sait que, comme toi, bien souvent j'ai pleuré !

Dans la toile, où survit une subtile essence
Que sous tes doigts nerveux alors tu respirais,
Bien souvent j'ai caché, comme toi, mes regrets,
Depuis que je connais les tourments de l'absence.

J'ai couvert de baisers le petit mouchoir blanc
Et ma lèvre se pose où se posa la tienne ;
Puisque je n'ai plus rien de toi qui m'appartienne,
J'aime ce souvenir douloureux et troublant.

Je l'aime ! Une douleur, pareille à la morsure
Que tes petites dents ont faite au fin tissu,
A déchiré mon cœur au coup qu'il a reçu ;
Je l'aime, ton mouchoir à la longue blessure.

Et je veux le garder, ce cher petit mouchoir,
En mémoire de toi si brusquement ravie,
Et je lui confierai les douleurs de ma vie,
A lui, le confident de tes peines d'un soir.

Je ne t'en veux pas !

JE ne t'en veux pas, ma pauvre chérie !
   Le bonheur est vain ; l'amour doit finir.
Du moins, j'ai gardé mon âme fleurie
D'un impérissable et doux souvenir.

Tu promettais plus qu'on ne peut tenir.
Qu'un autre t'en blâme ou qu'un autre en rie ;
Accusant le sort de nous désunir,
Je ne t'en veux pas, ma pauvre chérie.

Contre la douleur mon âme aguerrie,
Prête à sangloter, sait se contenir.
L'espoir nous leurrait à sa duperie :
Le bonheur est vain ; l'amour doit finir.

Mais n'importe ! Encor dût on me honnir,
Je ne puis aimer sans idolâtrie.
Si de nouveaux deuils viennent m'en punir,
Du moins, j'ai gardé mon âme fleurie.

O divin Amour, qu'Elle t'injurie,
Amour consolant, je veux te bénir,
Car tu m'as versé l'ivresse attendrie
D'un impérissable et doux souvenir.

Mais, sache le bien, toi qui crois bannir,
Sous les coups blessants de ta raillerie,
L'amour qui toujours voudrait revenir,
Malgré tes dédains, je t'aime et te crie :
            Je ne t'en veux pas.

A une duchesse de Guise

(Henri III et sa Cour, Acte III, Scène v.)

Il a meurtri ce bras que je voudrais baiser,
  Cet odieux mari, ce duc vil et farouche ;
Il a posé sa main, sans peur de le briser,
Sur ce bras délicat où frissonne ma bouche.

Il a baisé ce bras que je voudrais meurtrir,
Cet amant, trop heureux d'un rôle de bellâtre,
Qui fait mine d'aimer et mine de mourir,
Dans la banalité des ardeurs de théâtre.

Oh ! le baiser, ce bras que cet homme a meurtri !
Caresser doucement, en ses ardentes fièvres,
Cet adorable bras broyé par ce mari
Et guérir sa douleur en y bandant mes lèvres.

Oh ! le meurtrir, ce bras, baisé par cet amant,
Afin de châtier leur amour qui blasphème
Et le tordre, aussi moi, ce bras, jalousement,
Pour la punir d'aimer un autre, quand je l'aime.

Oh ! le meurtrir et puis le baiser, tour à tour !
Pour le baiser, y faire encor des meurtrissures ;
Y faire, en le baisant, de plus douces blessures,
Stigmates éternels de colère et d'amour !

Le rosier d'amour

A M. René Kerviler.

Près de la mer, sur le rivage,
Je sais un endroit dévasté...
J'aime une fille au cœur sauvage,
Resplendissante de beauté.

Je sais un endroit dévasté ;
Là, pas une plante ne germe.
Resplendissante de beauté,
Sa gorge est rose, lisse et ferme.

Là, pas une plante ne germe,
Sous le soleil et sous le vent.
Sa gorge est rose, lisse et ferme,
Et je la regarde en rêvant.

Sous le soleil et sous le vent,
On y voit se tordre la mousse.
Et je la regarde en rêvant,
Épris d'une illusion douce.

On y voit se tordre la mousse ;
J'y voulus planter un rosier.
Épris d'une illusion douce,
Je veux d'elle m'extasier.

J'y voulus planter un rosier,
Espérant y cueillir des roses.
Je veux d'elle m'extasier,
A voir ses belles lèvres roses.

Espérant y cueillir des roses,
Je me ris de plus d'un moqueur.
A voir ses belles lèvres roses,
Qu'importe qu'elle soit sans cœur ?

Je me ris de plus d'un moqueur
Qui me dit que là rien ne pousse.
Qu'importe qu'elle soit sans cœur ?
J'aime sa chevelure rousse.

Qui me dit que là rien ne pousse ?
J'aurai des roses, si j'en veux !
J'aime sa chevelure rousse :
La belle écoutera mes vœux.

J'aurai des roses, si j'en veux,
En prenant grand soin de l'arbuste.
La belle écoutera mes vœux ;
J'ai foi dans mon amour robuste.

En prenant grand soin de l'arbuste,
Matin et soir, soir et matin.
J'ai foi dans mon amour robuste
Pour attendrir son cœur hautain.

Matin et soir, soir et matin,
Je versai de l'eau sur la plante.
Pour attendrir son cœur hautain
La réussite me fut lente.

Je versai de l'eau sur la plante ;
Une rose y fleurit, un jour.
La réussite me fut lente ;
Elle m'aima pourtant d'amour.

Une rose y fleurit, un jour,
Et je dis : J'aurai d'autres roses.
Elle m'aima pourtant d'amour ;
Un soir, j'ouïs de douces choses.

Et je dis : J'aurai d'autres roses,
Sur le rosier que j'ai planté.
Un soir, j'ouïs de douces choses ;
Mon espoir en fut enchanté.

Sur le rosier que j'ai planté,
Hélas ! j'avais mal fait mon compte.
Mon espoir en fut enchanté,
Mais la déception fut prompte.

Hélas ! j'avais mal fait mon compte !
Plus une rose n'a fleuri.
Mais la déception fut prompte ;
Mon pauvre cœur est tout marri.

Plus une rose n'a fleuri
Sur le rosier que le vent brise.
Mon pauvre cœur est tout marri
De cet amour qu'elle méprise.

Sur le rosier que le vent brise,
C'est la tristesse, c'est la mort !
De cet amour qu'elle méprise,
Maintenant, je comprends le sort.

C'est la tristesse, c'est la mort,
Près de la mer, sur le rivage.
Maintenant, je comprends le sort :
J'aime une fille au cœur sauvage !

A une femme très blonde
et très rose

A Victor Thomas.

TES cheveux blonds et ta peau rose
   Sont fixés en mon souvenir ;
J'y rêve en vers, j'y songe en prose
Et nul oubli ne peut ternir
Tes cheveux blonds et ta peau rose.

Ta peau rose et tes cheveux blonds
Te font une auréole telle,
En passant, que nous nous troublons
Rien que de voir sous la dentelle
Ta peau rose et tes cheveux blonds.

Tes cheveux blonds et ta peau rose,
Cela suffit à ta beauté !
Critiquer ta bouche, on ne l'ose,
Aussitôt qu'on voit à côté
Tes cheveux blonds et ta peau rose.

Ta peau rose et tes cheveux blonds
T'ont permis de n'être pas bonne.
Tu peux avoir tous les aplombs,
Ayant, ce que n'aura personne,
Ta peau rose et tes cheveux blonds.

Tes cheveux blonds et ta peau rose,
C'est ton talent et ta vertu !
Et si près de toi quelqu'un glose,
Montre lui, c'est assez, vois tu,
Tes cheveux blonds et ta peau rose.

Ta peau rose et tes cheveux blonds
Sont des beautés bien apparentes ;
Entoure les de soins profonds,
Toi qui sais convertir en rentes
Ta peau rose et tes cheveux blonds.

Tes cheveux blonds et ta peau rose,
Sois en très orgueilleuse ; mais
Qu'il te resterait peu de chose,
Hélas ! si tu perdais jamais
Tes cheveux blonds et ta peau rose !

La Mer ! L'Amour ! La Mort !

A Stanislas Millet.

L E flot qui gémit fouette le rivage ;
  L'odeur des varechs s'élève dans l'air.
Je t'aime toujours, ma blonde sauvage,
        Fille au regard clair.

L'odeur des varechs s'élève dans l'air ;
Le sable est tout blanc sous la pleine lune.
        Fille au regard clair,
Je veux t'embrasser au pied de la dune.

—

Le sable est tout blanc sous la pleine lune ;
Le joli tapis qu'il fait à nos pas !
Je veux t'embrasser au pied de la dune,
            Ne le veux tu pas ?

Le joli tapis qu'il fait à nos pas !
Le sable est tout blanc, le sable est tout lisse.
            Ne le veux tu pas,
Qu'un même bonheur d'aimer nous unisse?

Le sable est tout blanc, le sable est tout lisse ;
Nous irons au bord du flot nous asseoir.
Qu'un même bonheur d'aimer nous unisse !
            As tu peur, ce soir ?

Nous irons au bord du flot nous asseoir ;
Nous nous coucherons, là, tout près des vagues.
            As tu peur, ce soir ?
Pourquoi dans tes yeux ces tristesses vagues ?

Nous nous coucherons, là, tout près des vagues
Et j'appellerai vers nous le flot blanc.
Pourquoi dans tes yeux ces tristesses vagues ?
            Ton cœur est tremblant.

Et j'appellerai vers nous le flot blanc :
Le flot couvrira nos pieds et nos hanches.
Ton cœur est tremblant ;
Que regardes tu sous les vagues blanches ?

Le flot couvrira nos pieds et nos hanches ;
Il s'allongera, rapide et vainqueur.
Que regardes tu sous les vagues blanches,
O fille sans cœur ?

Il s'allongera, rapide et vainqueur ;
C'est la mort qui vient, la mort que j'appelle !
O fille sans cœur,
Tu riais de moi, te sachant très belle.

C'est la mort qui vient, la mort que j'appelle !
Ce sera la fin des maux, c'est la paix.
Tu riais de moi, te sachant très belle,
Toi qui me trompais.

Ce sera la fin des maux, c'est la paix !
La mer maintenant te baise la bouche.
Toi qui me trompais,
Sur ton dernier lit c'est moi qui te couche.

La mer maintenant te baise la bouche ;
L'odeur des varechs s'élève dans l'air.
Sur ton dernier lit c'est moi qui te couche,
    Fille au regard clair !

L'odeur des varechs s'élève dans l'air ;
Le flot qui gémit fouette le rivage.
    Fille au regard clair,
Je t'aime toujours, ma blonde sauvage !

La lune blanche

COMME elle est brillante, ce soir,
        La lune blanche !
Doucement sa lueur s'épanche
Sur la pierre où je viens m'asseoir.
Comme elle est brillante, ce soir,
        La lune blanche !

Elle brillait ainsi sur les taillis épais,
        Le mois dernier, resplendissante,
Et jetait son tapis de lumière et de paix,
        Sous nos pas, le long de la sente.

Je suivais avec vous le chemin hasardeux
        Que ses rayons faisaient moins sombre ;
Nous marchions, nous tenant si serrés tous les deux
        Que nos deux corps n'avaient qu'une ombre.
Et je vous regardais, quand sa belle clarté
        Allumait des fleurs dans les mousses,
Et je pensais alors : Comme les nuits d'été,
        Comme les nuits d'amour sont douces !

        Comme elle est brillante, ce soir,
                La lune blanche !
        Doucement sa lueur s'épanche
        Sur la pierre où je viens m'asseoir !
        Comme elle est brillante, ce soir,
                La lune blanche !

Elle était blanche ainsi, ce soir de l'autre mois,
        Quand sa lumière alangourie
Souriait à travers les grands arbres du bois
        A notre lente rêverie.
Dans la naïveté de nos jeunes amours,
        Couchés parmi les fraîches herbes,
Nous nous jurions alors de nous aimer toujours,
        Au chant de nos baisers superbes.

Et tu la regardais alors et tu me dis
De doux mots que je me rappelle,
En allongeant vers moi tes grands yeux enhardis
Qui soudain te firent plus belle.

Oh ! comme elle est blanche, ce soir,
La lune blanche !
Doucement sa lueur s'épanche
Sur la pierre où je viens m'asseoir...
Oh ! comme elle est blanche, ce soir,
La lune blanche !

Elle brille toujours, et vous ne m'aimez plus !
Comme les feuilles à l'automne,
Vaines illusions et serments superflus
Meurent sous le ciel monotone.
Elle brille toujours, mais vous m'aviez menti,
Fille déloyale et parjure ;
Et je veux que sur vous son disque appesanti
Vous mette au cœur une torture,
Quand, ce soir, vous riant du souvenir amer,
Tourment de mon âme servile,
Vous la regarderez scintiller dans la mer,
Sous les noirs remparts de la ville.

Comme elle est brillante, ce soir,

La lune blanche !

Doucement sa lueur s'épanche

Sur la pierre où je viens m'asseoir.

Comme elle est brillante, ce soir,

La lune blanche !

Elle est blanche toujours, et moi je t'aime encor !

C'est sa même face arrondie,

Qui, là bas, éclairait ce merveilleux décor

Où tu jouais ta comédie.

Elle est blanche toujours, et mon amour à moi

Longtemps demeurera fidèle ;

Elle est blanche, et mon cœur qui chérit son émoi

Vers vous s'envole à tire d'aile.

Et, ce soir, assis, seul, triste et songeant à vous

Que je revois par la pensée,

Je regarde tomber son sourire très doux

Sur mon espérance insensée.

Oh ! comme elle est blanche, ce soir,

La lune blanche !

Doucement sa lueur s'épanche

Sur la pierre où je viens m'asseoir.

Oh ! comme elle est blanche, ce soir,

La lune blanche !

J'aurais voulu mourir

J'AURAIS voulu mourir à cette heure divine
   Où tu m'as dit : « Je t'aime et t'aimerai toujours
Je n'aimerai que toi, car en toi je devine
Celui que j'ai cherché, digne de mes amours.

Les autres sont mauvais, toi seul es bon ; je serre
Loyalement ta main loyale dans ma main.
Les autres sont menteurs et toi seul es sincère ;
Viens donc, nous marcherons dans le même chemin.

Car toi seul m'as rendu la confiance aimante ;
Toi seul as fait la paix dans mon cœur soucieux.
Quand tu parles, ami, j'ignore que l'on mente,
Et j'apprends qu'on peut croire en regardant tes yeux.

Est ce une illusion, douce entre les meilleures,
Où doivent se faner mes espoirs refleuris ?
Je sais qu'on peut pleurer encor puisque tu pleures
Et qu'on peut être heureux puisque tu me souris.

Mais si tu me trompais; si le songe où nous sommes
Ne devait pas durer, cette fois, plus longtemps
Que les songes trop courts où d'autres jeunes hommes
Ont tué la candeur de mes pauvres vingt ans ;

O cher et doux ami, si tu brisais la chaîne
Que j'ai faite de fleurs vivaces, désormais
Je n'aurais plus d'amour en moi que pour ma haine
Et saurais te haïr autant que je t'aimais.

Si le suprême espoir qui console mon âme,
Par toi que j'aime tant, un jour, m'était volé,
Rien n'y fleurirait plus, et la dernière flamme
S'éteindrait dans mon cœur pour toujours désolé. »

Ainsi tu me parlais, doucement attristée,
Et je sentais en nous monter un grand émoi,
A l'heure des adieux, lorsque je t'ai quittée,
En te disant : « Je t'aime et tu peux croire en moi.

J'ai foi dans ta promesse immuable ; je brave
La distance et le temps, sans redouter l'oubli ;
Mon amour est profond, il est sûr, il est grave ;
Mon cœur de ta présence est à jamais rempli. »

Hélas ! c'était la fin ! Notre bien aimé rêve
Brusquement s'abattit comme un oiseau blessé.
La douce illusion de bonheur me fut brève,
Et, seul, je me souviens de notre amour passé.

Toi, tu n'en sais plus rien. Indifférente et belle,
Tu voudrais oublier, si tu pouvais, mon nom,
Et lorsqu'un souvenir malgré toi le rappelle,
Tu t'éloignes bien vite et tu murmures : Non !

Et je te vois, narguant les anciennes tendresses
Et niant le serment que tu n'as pas tenu,
Rouvrir déjà l'impur sanctuaire où tu dresses
Un autel radieux à l'Amant Inconnu !

Aussi, j'aurais voulu mourir dans la ruine
De ton serment, de mon espoir, de nos amours ;
J'aurais voulu mourir à cette heure divine
Où tu m'as dit : « Je t'aime et t'aimerai toujours ! »

Un Rêve

Pour Albéric Magnard.

Souvent je fais ce rêve et je m'y plais toujours :
Lorsque j'aurai vécu cette mortelle vie,
Vaine agitation de silence suivie ;
Quand les ans sur les ans auront hâté leur cours ;

Lorsque disparaîtra cette suprême image,
Ce vague souvenir à la longue effacé,
Et que plus rien ne survivra de mon passé
Qui me fut une injure ou me soit un hommage ;

Quand ceux qui m'ont connu comme moi seront morts
Et les fils de leurs fils morts aussi ; quand la terre,
Quand le temps auront fait leur œuvre de mystère,
Oubli sur tous ces noms, cendre sur tous ces corps...

J'ai rêvé que j'aurais le bonheur de revivre
Dans un coin du Pays Breton que j'aime tant,
Ne fût ce qu'en un cœur, ne fût ce qu'un instant,
Par quelques vers de moi trouvés dans un vieux livre.

Je rêve qu'un jeune homme, à cette heure où le soir
Tombe si doucement sur la lande Bretonne,
Achevant de siffler un vieil air monotone,
Sous un chêne, mon livre en main, viendra s'asseoir.

Il est triste ! Il a vu les tant douces lumières
S'éteindre qui brillaient à ses regards d'enfant,
Et contre ses effrois plus rien ne le défend ;
Rien ne lui rend la paix des croyances premières.

Il est triste ! Il a vu le mal. Il a douté.
Qui donc lui peut ouvrir le monde de ses rêves ?
Voici le temps passé des Illusions brèves !
Il est venu, le temps de la Réalité !

Il est triste ! Déjà tout son être se trouble,
Pénétré de langueurs qu'il sent autour de lui,
Et l'heure des élans mystérieux a lui
Où le jeune amoureux se cherche une âme double.

Oh ! je veux, à cette heure ineffable, je veux,
Enfant à qui l'ardeur des printemps se révèle,
Être le confident de ton âme nouvelle
Et donner en mes vers une forme à tes vœux.

Ouvre mon livre, alors ! Que la page muette
Ressuscite à ta voix ses rythmes musicaux ;
Pour apprendre l'amour, éveille les échos
Trop longtemps endormis dans les vers du poète.

Ranime à tes vingt ans la grâce morte en eux ;
Refais une beauté, recrée une jeunesse
A ce vieux livre, et qu'en ton cœur ému renaisse
Toute l'émotion de mon cœur amoureux.

Frère désespéré qui doutes de la vie,
Écoute la chanson des éternels espoirs,
Et que l'humble poème où se plaisent mes soirs
Réconforte au matin l'âme qui se défie.

Heureux de te bercer, pour endormir tes maux,
Dans l'enveloppement de magiques paroles,
Ils auront ce bonheur, mes vers, que tu consoles
Ta tristesse de vivre à la douceur des mots.

Apprends d'eux à rêver toujours ! O la démence
De dire qu'en les cœurs on peut tuer la foi !
Un espoir meurt, un autre naît, et c'est la loi
Que notre illusion toujours se recommence.

Ne vois tu pas venir, au détour du chemin,
Une enfant triste aussi, car elle porte en elle
L'inquiète langueur d'une âme fraternelle ?
Regarde la ; voilà ton espoir de demain.

Écarte doucement sur son front comme un voile
Ses cheveux blonds, afin de voir luire ses yeux,
Et reste ainsi, longtemps, grave et silencieux,
Sous la pure clarté de la première étoile.

Dis lui mes vers, alors, oh ! mes vers les plus doux,
Lentement, d'une voix qui sourit et qui pleure ;
J'ai rêvé, dans la paix où va s'arrêter l'heure,
Qu'ils soient une caresse adorable sur vous.

Et je veux, au frisson de ces divines fièvres,
Comprenant votre amour pour la première fois,
Qu'elle ferme les yeux, que tu baisses la voix
Et que mon dernier vers expire sur vos lèvres !...

Et puis, rejette au fond de leurs oublis passés
Et mon livre et mon nom hors de toute mémoire ;
Le poète a goûté tous ses rêves de gloire :
Il éveilla vos cœurs d'enfants, ce fut assez !

CARILLONS

POUR DES AMIS

Il est amer et doux pendant les nuits d'hiver
D'écouter près du feu qui palpite et qui fume
Les souvenirs lointains lentement s'élever,
Au bruit des carillons qui chantent dans la brume.

(La Cloche fêlée. Ch. Baudelaire)

Vivos voco...

A José Maria de Hérédia

C'ÉTAIT un pauvre enfant, un pâtre insoucieux,
Grossièrement vêtu de l'habit des ancêtres,
Et dont la voix n'avait que des grâces champêtres ;
Mais son œil rayonnait de tout l'azur des cieux.

Un Prince, lui voyant cette lumière aux yeux,
Le prit dans son Palais et lui donna des Maîtres,
Afin que, connaissant les choses et les êtres,
Il devînt un Artiste alors et chantât mieux.

J'étais l'humble petit poète qui s'ignore ;
C'est toi qui m'enseignas, Maître, cet art sonore
D'accoupler savamment les rythmes et les sons.

Aujourd'hui, chantant haut dans cette troupe élue
Et grâce à toi, je veux qu'une de mes chansons,
Fixant le souvenir du bienfait, te salue.

Au poète Th. Maisonneuve

APRÈS UNE LECTURE DE SES « CHANSONS DOUCES ».

Oui, je les aime, ami, vos nouvelles chansons.
On dirait ces vieux airs que, d'une voix très douce,
  Où l'on sent palpiter des frissons,
Un pâtour chante, le soir, parmi la mousse.

Par les champs, par les monts, et jusqu'au fond des bois,
Sa voix cherche un écho fidèle qui réponde ;
  Et l'écho le plus doux à sa voix
C'est, là-bas, au fond du cœur d'une enfant blonde.

*
* *

Écoutez ricocher sur la crête des flots,
O si douce et si lente, ô plus lente et plus douce,
La chanson qui vous plaît, matelots,
La chanson, dans les hauts mâts, du petit mousse.

Elle vient du hameau qu'habitent les aïeux,
Elle en dit le regret, elle en garde les charmes...
Et des pleurs ont mouillé tous les yeux.
Douce voix ! Douce chanson ! O douces larmes !

*
* *

Mais le chant de l'oiseau qui s'élève dans l'air,
Qui monte et qui descend, qui revient et qui passe,
Est plus doux, plus suave et plus clair.
Il est frêle, et cependant remplit l'espace.

Le soleil est joyeux et limpide est l'azur,
Et dans cette douceur de l'aube enchanteresse,
Plus joyeux est ce chant et plus pur,
Qui répand sur toute chose une caresse.

*
* *

Enfant blonde, là-bas, dont le cœur a frémi,
Toi qui sais les chansons du pâtre et qui les aimes,
        Apprends donc les chansons qu'un ami,
    Doucement, va te chanter en ces poèmes.

Exilés qui pleurez au souvenir amer
Qu'un humble mousse envoie à la Patrie aimée,
        La douceur de ce chant sur la mer
    Dans ce livre, amis Bretons, est enfermée.

O rêveurs, envahis par un trouble obsesseur
Quand un trille d'oiseau dans le ciel bleu s'élance,
        Une voix ayant plus de douceur
    Va monter vers l'infini. Faites silence !

Bretons, prenez ce livre ; il est écrit pour vous :
Chant nouveau, fleur nouvelle, éclos parmi nos brousses.
        Le Poète est très pur et très doux ;
    Ses chansons aux cœurs très purs seront très douces.

Écoutez ces chansons très douces de la Voix ;
Aimez les : elles ont des grâces éternelles,
　　　　Évoquant nos bonheurs d'autrefois ;
Et l'Amour et la Jeunesse sont en elles.

Les rayons, les parfums, les aubes, les printemps,
De l'azur à plein ciel, à pleines mains des roses,
　　　　Tout cela sort d'un cœur de vingt ans !
Être jeune et le chanter ! O douces choses !

A Yan' Dargent

Souvestre avait décrit ; Brizeux avait chanté...
La Bretagne, ses mœurs, ses croyances, ses fêtes,
Et sa terre et son ciel avaient eu leurs poètes ;
Que notre amour leur donne une immortalité !

Tous ceux pour qui fleurit la science en un livre,
Comme sur nos landiers rayonne la fleur d'or,
Viendront longtemps, toujours, y cueillir le trésor
Des fiers récits où le passé semble revivre.

Mais tous les ignorants, tous les simples d'esprit,
Tous les humbles pour qui le livre est lettre morte,
Femmes, enfants, vieillards, à tous ceux là qu'importe
La muette splendeur de ce poème écrit !

Ce qu'ils doivent aimer, Maître, et ce qu'il faut croire,
Toi seul pourras l'apprendre à ces déshérités,
Ouvrant aux pauvres cœurs, par ton œuvre exaltés,
Les rêves d'idéal, les visions de gloire.

La Bretagne pour tous resplendira par toi :
Sur la page illustrée ou la muraille peinte,
Son histoire héroïque et sa légende sainte
Vont être une leçon de vaillance et de foi !

O Maître, plus puissants que la plume et la lyre,
Tes magiques pinceaux, tes crayons radieux
Ont tracé, désormais vivant à tous les yeux,
Le poème de ceux qui ne savent pas lire !

A Monsieur A. de la Borderie

A L'OCCASION DE SON ÉLECTION A L'INSTITUT.

LORSQUE l'heure présente est douloureuse et sombre,
Telle que le regard s'en détourne attristé,
On va chercher, pour fuir les menaces de l'ombre,
Dans les jours d'autrefois la joie et la clarté.

Quand on s'est fait, rêvant l'existence meilleure,
Des promesses d'espoir que rien ne vient tenir,
L'âme qui veut toujours se prendre à quelque leurre
Retrempe son courage au fond du souvenir.

Et c'est bien là ton charme, Histoire, et ta magie
Que par toi le présent triste semble effacé,
Par toi qui rends l'espoir et qui rends l'énergie,
En dorant l'avenir des reflets du passé.

Telle est votre œuvre, Maître, et si la voix de France
Nous est chère qui dit le passé merveilleux,
La vôtre éveille en nous avec plus d'espérance
Plus d'orgueil, racontant l'histoire des Aïeux.

Les Aïeux ! Leur grandeur illustre chaque livre
Où se complait votre science, et nous goûtons
Cette douceur d'y voir fidèlement revivre
Le passé de Bretagne aimé des vrais Bretons.

Vous dites les destins désastreux ou prospères,
Vous contez les Héros triomphants ou trahis ;
Mais, vainqueurs ou vaincus, ces hommes sont nos Pères,
Heureux ou malheureux, c'est notre cher Pays !

Aussi nous aimons l'œuvre, aussi nous aimons l'homme
Et nous en sommes fiers, et nous nous empressons
A louer le savant qui fait pour nous la somme
Des gloires d'autrefois si pleines de leçons.

Voyez autour de vous cette élite assemblée,
Fêtant votre grand cœur, votre esprit généreux ;
Pour chef, tous ces Bretons vous ont choisi d'emblée !
Mais ils ne sont pas seuls, regardez derrière eux :

Voici Nôminoë qui vous doit sa couronne,
Pontcallec et le duc Jean II, Montfort et Blois ;
La foule de nos vieux guerriers vous environne,
Choyant l'historien qui narra leurs exploits.

Je reconnais là bas Noël du Fail qui cause
Près d'Olivier Maillard tranquillement assis...
Conan Mériadec est absent ! Et pour cause !
Il boude ! Il a raison, car vous l'avez occis.

Mais voilà Gwennolé, Gildas, Malo, Magloire,
Lunaire, Tugdual et Clair ! Leur sainteté
En vos doctes récits se confirma de gloire ;
Ils veulent que par eux votre nom soit chanté.

Les voici tous, ayant à leur tête saint Yves.
Guidés par votre grand ami, tous sont venus
Vous rendre les lauriers que de vos mains actives
Vous tressez pour des Saints jusqu'alors inconnus.

Car, dans le ciel Breton, toute une clientèle
Doit à vos soins pieux des hommages nouveaux,
Et votre renommée en nos cantons est telle
Qu'un saint chômé par vous y gagne des dévots.

Oui, nous vous les devons, sous le marbre ou le chaume,
Tous ces braves héros, tous ces sages patrons ;
Vous les avez chômés, il est temps qu'on vous chôme,
Et sur leur piédestal, Maître, nous vous mettrons.

Oui, c'est là votre honneur suprême et votre gloire,
Et nous vous acclamons, vous, dont la haute voix
Nous dit qu'on peut aimer encore et qu'on peut croire
Comme on croyait et comme on aimait autrefois.

Vous qui, pour refréner les doutes ironiques,
Nous montrez les Aïeux, mains jointes, à genoux,
Réveillant, dans la foi des anciennes chroniques,
Tous les vieux idéals abâtardis en nous !

Maître, qui, remuant la poussière des tombes,
En avez fait surgir par glorieux essaims,
Tels de grands aigles fiers ou de douces colombes,
Les Dames et les Preux, les Vaillants et les Saints ;

Vous qui savez jeter, dans le trouble où nous sommes,
Sur le sombre présent un voile radieux,
Et qui nous rappelez, pour refaire des hommes,
La vertu des Héros et la gloire des Dieux !

A un jeune ami

Pour Édouard Beaufils.

Oui, la vie est triste, et, parfois,
Quand nous en cherchons le mystère,
Il monte un écho dans ma voix
Des sanglots que je voudrais taire.

La vie est triste, mais il faut
Que tu n'en saches pas le leurre :
Devant toi qui dois rire haut,
C'est tout bas qu'il faut que je pleure.

La vie est si triste, vois-tu,
Si douloureuse la pensée,
Que j'en ai l'esprit abattu
Et que j'en ai l'âme blessée.

J'ai connu tant d'amours menteurs,
J'ai connu tant de haines basses,
Et j'ai vu tomber des hauteurs
Tant de mes espérances lasses ;

Mes yeux effrayés se sont clos,
Ami, sur tant de mauvais rêves ;
En moi se sont taris les flots
De tant de généreuses sèves...

Que j'ai perdu la prime foi
Où ta naïveté se fie,
Et qu'en moi, comme hors de moi,
J'ai peur de regarder la vie.

Mais toi, qui n'as sur tes vingt ans
Que des espérances de joie,
Comme un arbuste qui ne ploie
Que sous trop de fleurs au printemps ;

Toi, dont la douleur a les charmes
De la fraîche rosée en Mai,
Et dont le cœur est parsemé
De diamants et non de larmes !

Toi qui regardes dans les Cieux
L'astre divin luire sans voiles
Et qui crois toujours aux étoiles,
Quand l'ombre menace mes yeux :

Ami, dis-moi ta peine, et sache
Que ta plainte au murmure frais
Est encor de la joie auprès
De la tristesse que je cache.

Attends pour pleurer tes douleurs
Que ta vie ait subi sa crise ;
Ne crois pas que ton cœur se brise
Dont tu vois tomber quelques fleurs.

Ces fleurs délicates et blanches
Tombent, mais le ciel est clément :
Voici poindre au même moment
Les fruits déjà noués aux branches.

Si j'ai secoué de la main
Tes chagrins dont je sais le terme,
C'est pour voir le bonheur en germe
Qu'ils couvaient éclore demain.

Laisse ces fleurs que je recueille
M'inonder de vols palpitants ;
Sur moi laisse tout ce printemps
Arraché de toi feuille à feuille :

Ta tristesse me fait joyeux,
Et, trop vieux pour que je renaisse,
Je me sens toute ta jeunesse
D'avoir tes larmes dans mes yeux.

Pour une Crémaillère

A Henry Droniou.

Oui, c'est bien la maison du Breton ! C'est sa table
Où nous sommes heureux de venir nous asseoir,
Où cette fête a mis tant de gaîté, ce soir,
La table large, hospitalière et confortable.

C'est la maison de nos amis. C'est leur accueil
Toujours simple, toujours égal, toujours sincère...
Chez eux, avec la main c'est le cœur que l'on serre,
Quand leur franche amitié tend les bras dès le seuil.

Oui, c'est bien la maison du poète, où la rime,
Près des meubles polis et sous les cuivres clairs,
Avec tout ce qui luit échangeant des éclairs,
Scintille dans le jeu d'une savante escrime.

O mon frère Breton, poète mon ami,
Fixez solidement la crémaillère forte ;
Et que rien ne l'arrache et que nul ne l'emporte,
Car nous ne voulons pas vous fêter à demi.

Nous voulons répéter souvent la même fête,
Nous voulons qu'à nos vœux et qu'à nos vers, longtemps,
Elle puisse prêter ses échos éclatants,
La maison du Breton, de l'ami, du poète !

A ceux qui vont avoir vingt ans !

A Sullian Collin.

O jeunes gens, enfants hier, hommes demain !
A quoi donc rêvez vous, le front dans votre main ?
Vos yeux distraits se sont détournés de ce livre
Où pour vous la science enferme ses tourments,
Et, là bas, dans l'azur radieux, semblent suivre
Le vol de je ne sais quels papillons charmants !

Est ce à l'amour que vous rêvez ? Aux douces choses
Que murmurent tout bas les belles lèvres roses ?
Est ce à l'argent ? Est ce à la gloire ? Est ce au plaisir ?

Est ce vers ces bonheurs qui l'enivrent d'avance
Que court, impatient déjà, votre désir
De briser la prison paisible de l'enfance ?

Oh ! quel rêve avez vous formé, dites, enfants ?
Et quel désir vous fait ces regards triomphants
Qui se fixent là bas du côté de l'aurore ?
Vos bras se sont levés en des gestes vainqueurs !
Votre lèvre a frémi ! Debout ! Criez encore
Le cri des grands espoirs qui fait battre les cœurs !

Gonflez votre poitrine à ce cri de bataille !
Vers le devoir c'est bien de hausser votre taille ;
Voici l'heure ! A l'appel des clairons éclatants,
Sous le drapeau de France où flotte votre rêve,
Petits soldats, heureux d'avoir enfin vingt ans,
Courez à la frontière où la gloire se lève.

Un Toast

A M. Jules David.

O fils de l'Orient, seriez vous donc moqueur ?
    Vous qui, pour nos plaisirs et doublement vainqueur,
Savez associer Science et Poésie,
Dont les lauriers de France et les roses d'Asie
Ont couronné le front sévère et souriant,
Seriez vous donc moqueur, ô fils de l'Orient !
Non, je suis d'un pays obscur où, dans nos landes,
Les poètes n'ont ni couronnes, ni guirlandes ;
Où l'atmosphère éteint les éclatants rayons
Du soleil d'or ; où Dieu voulut que nous ayons,
Seul cadre qui convient à la nature austère,
Des nuages au ciel, des ajoncs sur la terre.
Là, les blés sont chétifs, les arbres rabougris,

Et tout est un peu triste, un peu froid, un peu gris.
Aussi, quand nous chantons, le soir, dans nos bruyères,
La voix gardant l'écho des anciennes prières,
A des langueurs, et nos gaîtés et nos amours,
Comme le ciel Breton, semblent voilés toujours.
Cependant nous aimons le soleil. Dans nos veilles,
On nous parle souvent du Pays des Merveilles,
Le vôtre, où tout rayonne, où le ciel radieux
Au front des Inspirés met la splendeur des Dieux ;
Où tout reluit sur terre, où les perles, la soie
Et l'or et les rubis scintillent dans la joie ;
Où l'amour s'embellit des sourires d'Allah !
Nous en rêvons, très loin ; vous avez vécu là,
Vous, et divin charmeur, poète de lumière,
Vous transcrivez pour nous dans leur splendeur première
Les poèmes et les chansons de ce pays ;
Et vous les traduisez sans les avoir trahis.
Et nous vous écoutons, car douces sont les choses
Que content vos vers pleins d'azur, d'or et de roses ;
Et ce n'est pas l'hiver, car vous avez chanté
L'éclatante chanson d'un radieux été ;
Et le Maître, c'est vous, et, vers vous, mes hommages
Montent, comme, vers l'un de ces illustres Mages,
Couronnés de rubis et vêtus de drap d'or,
S'en vont les grands saluts de nos pâtres d'Armor.

Cinquantenaire

Au Père Herpin.

QUAND je vous ai connu, j'étais un galopin.
Je vous voyais ouvrir la porte de l'étude
Et j'appris que c'était une vieille habitude
De crier tous en chœur, à mi voix : Père Herpin !

Un matin, accueillez mon excuse tardive,
Mais un singe est toujours au fond d'un écolier,
Je vous interpellai de ce nom familier
Et l'habitude vint avec la récidive.

« Père Herpin ! Père Herpin ! » Ah ! comme je beuglais,
Quand votre ombre passait derrière la fenêtre ;
Je vous aimais déjà, sans presque vous connaître,
Et j'enviais bien fort vos élèves d'anglais.

Oui, quel bonheur ! Il est onze heures ; on se lève,
On vous suit en riant le long du corridor
Et, sous le bon regard de vos lunettes d'or,
On fait cercle... Et voilà qu'on est donc votre élève !

Et qui le fut en est très fier. Aussi, souvent,
De loin, reconnaissant, mon souvenir s'envole
Vers le bon professeur dont l'élève frivole
Était contraint de s'en aller déjà savant.

Car vous nous expliquiez et Goldsmith et Shakspeare ;
Vous parliez et soudain le Fantôme apparaît !
Le Révérend Primrose est debout ! La Forêt
Marche ! Macbeth poignarde et Roméo soupire !

Et vous élucidiez notre texte aux abois
Par des gloses qu'un grain de malice acidule ;
Mais comme l'heure allait trop vite à la pendule,
Sans être vu de vous, on l'arrêtait parfois.

Or, écoutez, je vais dénoncer à voix haute
Le coupable qu'alors nul ne vous révéla :
Oui, si l'aiguille avait de ces caprices-là,
Pardonnez lui, mon Père Herpin, c'était ma faute !

*
* *

Beaux jours de Saint-Vincent, voici que, ce matin,
Dans le cinquantenaire heureux qui nous rassemble,
Mon cœur vous ressuscite, et voici qu'il me semble
Revivre doucement tout ce bon temps lointain.

Voici que j'aperçois, est ce un rêve éphémère ?
Mes maîtres les meilleurs et mon meilleur ami ;
Je m'entends réciter, bégayant à demi,
A l'un mon catéchisme, à l'autre ma grammaire.

Et c'est vous, Père Herpin ! en croirai je mes yeux ?
La démarche aussi vive et la voix aussi belle ;
Votre Préface encor tonne dans la chapelle
Et votre *Tanne Baum* éclate encor joyeux !

C'est vous, spirituel en toutes vos harangues,
Solide dans la prose et brillant dans les vers,
Et, quand vous conversez avec tout l'univers,
Étonnant l'Esprit Saint par votre don des langues.

Nous coupant les cheveux de vos ciseaux légers,
A nos maîtres traçant d'élégantes tonsures,
Et, pour gagner au ciel des alliances sûres,
Ouvrant le Paradis à tous les étrangers !

Tant de preuves sont là qu'il faut être crédule !
Voici que j'ai vingt ans de moins, en y pensant,
Et je nous revois tous, heureux, à Saint-Vincent ...
Père Herpin, Père Herpin, j'arrête la pendule !...

A mon ami J.-Guy Ropartz

DES vers ! des vers de vous, mon ami ; quelle joie !
Ils sont les bienvenus en ce beau mois de Mai,
M'apportant, dans l'exil fleuri de Paramé,
Tant de chers souvenirs qu'on accueille et qu'on choie.

Quoi ! des vers et non plus de la musique, vous !
Que se passe t'il donc dans cette jeune tête ?
Musicien lassé, vous faites vous poète ?
Les neuvièmes et les retards sont ils moins doux ?

Trouvez vous moins de charme aux vagues dissonances ;
Nargueriez vous les vieux contrepoints superflus
Et les accords aimés ne suffisent ils plus
A peindre vôtre rêve en ses mille nuances ?

Mais alors que diront et Franck et Massenet ?
Ne vont ils pas bondir tous les deux, à la vue
De ce livre, et blâmer une fugue imprévue,
Non de celles qu'aucun des deux vous enseignait ?

Pourtant ils auraient tort de se plaindre, vos maîtres,
Car, aux deux arts voulant faire un partage égal,
Vous donnez à vos vers un titre musical
Et courtisez les sons tout en flattant les mètres.

Adagiettos ! C'est bien le titre qu'on cherchait
Pour nommer ce recueil de *lieds* charmants, où vibre
L'émoi de cette plume alerte, fière et libre,
Qui bondit sous vos doigts en jolis coups d'archet.

Adagiettos ! Sous les paroles de tendresse,
Des flûtes, dirait on, palpitent doucement,
Et le violoncelle, aux solos de l'amant,
Semble ajouter une langueur enchanteresse.

Adagiettos ! Voilà de la musique encor. :
Sérénades d'amour où, quand la phrase est tendre,
Malicieusement vous faites sous entendre
Des gaîtés de hautbois aux tristesses du cor.

De la musique, oui ! Des rythmes, des cadences ; ·
Je ne sais quoi de très intime et de très fin,
Où les deux arts, unis d'un mélange divin,
Ont un charme doublé dans leurs correspondances.

Aussi quelque crayon fidèle peindra t'il
L'ami des fiers accords et des rimes superbes,
Debout parmi les noms, les pronoms et les verbes,
Conduisant ce nouvel orchestre très subtil.

Que Franck et Massenet se calment donc : je gage
Que leur vaillant élève en rupture de clé
Leur reviendra bientôt, docile, sac bouclé,
Et n'ayant rien perdu de son ancien bagage.

Nous cependant, ami, nous vous félicitons,
Heureux de voir en vous toutes ces énergies
Et d'accueillir déjà dans nos Anthologies
Votre nom cher parmi les poètes Bretons.

Et nous la garderons, la gentille plaquette.
Fleur de Bretagne éclose au soleil de Paris,
Elle enferme pour nous des arômes chéris ;
Le fond en est sincère et la forme coquette.

Et je la relirai souvent avec émoi,
Car si votre cœur bat pour tous dans chaque stance,
Dans chaque mot j'y sens vivre une autre existence,
Éteinte, hélas ! mais qui va renaître pour moi.

Rappelez vous ce jour où, tous deux, nous allâmes
Vers le tombeau perdu sur le plateau d'Auvers ;
Vous vous taisiez pendant que je lisais vos vers,
Mais la même pensée était dans nos deux âmes.

Car, tous deux, nous sentions qu'il était là, parmi
Mes souvenirs anciens et votre jeune rêve,
Et soudain je le vis, illusion trop brève,
Apparaissant en vous, son frère, à son ami.

Oui ! je le regardais en vous … Le cher poète
Me souriait ainsi ; son regard d'autrefois
Semblait illuminer vos yeux, et votre voix
Vibrait comme un écho de cette voix muette.

Et je crus de nouveau les avoir entendus,
Ses vers qui n'eurent pas l'expansion du livre ;
Et le poète mort allait enfin revivre !
Ils étaient retrouvés, ses poèmes perdus !

Non ! le poète est mort, et pourtant il me semble
Que vous nous le rendez en son livre achevé !...
Non ! ses vers sont perdus ! Cependant j'ai trouvé
Je ne sais quelle grâce en vous qui lui ressemble.

Aussi vous comprendrez que mon cœur ait frémi
Dans le ressouvenir de ces choses anciennes,
Et j'ai voulu serrer vos mains avec les siennes,
O poète nouveau, frère de mon ami.

Et j'accueille vos vers que je crois reconnaître
Ainsi que ces oiseaux partis loin dans les airs
Mais qui sont de retour et, dans leurs nids déserts,
Ramènent le printemps au coin de ma fenêtre.

Dans la bruyère

A LUD. JAN.

LE Poète est couché dans les bruyères roses...
Le soir autour de lui se fait silencieux.
Ses bras se sont ouverts ; ses paupières sont closes ;
Et dans l'apaisement de la terre et des cieux,
Tout son être s'enivre à la douceur des choses.

Mais le pâle soleil, lent et grave, descend
Vers le couchant de pourpre où le regard se borne
Et l'astre disparaît à l'horizon, laissant,
Afin de prolonger l'heure de l'adieu morne,
Un reflet de sa gloire au ciel incandescent.

Et voici que là haut s'épaississent les voiles
De l'ombre bleue où tout s'enveloppe et s'endort.
Au firmament déjà la lune tend ses toiles,
Où viennent s'accrocher, comme des mouches d'or,
Les essaims lumineux des tremblantes étoiles.

Soudain la nuit plus noire a croulé comme un poids,
Lourdement, sur le cœur inquiet du poète.
Il se dresse, sentant par tous ses membres froids
S'enrouler le frisson de cette horreur muette
Où ses yeux ont perçu d'invisibles effrois.

Et puis, voici le jour ! Des lumières très douces
Se forment et bientôt se détachent dans l'air ;
Sur les arbres, sur les buissons et sur les brousses,
Par flocons on les voit tomber du ciel plus clair,
Piquant de petits points radieux dans les mousses.

Avec un long soupir s'arrachant au sommeil,
La terre a tressailli sous la tiède caresse.
De tous côtés le jour resplendit plus vermeil,
Et dans le pur éclat de l'aube enchanteresse,
Majestueusement se lève le soleil...

*
* *

Vous vous les rappelez, cher poète, ces heures
De l'enfance joyeuse et libre à travers champs ;
Vous en avez fixé les souvenirs touchants
En des pages qui sont peut être vos meilleures.

Vous avez parcouru nos longs petits sentiers,
Escaladé nos hauts talus. Dans nos prairies
Vous avez égaré vos lentes flâneries
Et rêvé dans nos bois pendant des jours entiers.

Vous avez respiré l'odeur fraîche des herbes,
Écoutant les oiseaux vous dire leurs chansons ;
Promptes à la cueillette et promptes aux moissons,
Vos jeunes mains ont fait des bouquets et des gerbes.

Vous avez su les durs travaux des paysans,
Les labeurs obstinés sur les sillons voraces ;
Dans le sol entr'ouvert vous avez vu les traces
De la vaine action des hommes et des ans.

Et vous avez appris les choses de la terre,
Et vous avez connu tous les êtres d'en bas :
Les haines, les désirs, les amours, les combats,
Voués par leur silence à l'éternel mystère.

Vous avez regardé le ciel aussi. Vos yeux
Ont cherché dans l'azur des routes non tracées
Vers ces mondes lointains qui hantent nos pensées
Et courbent désormais votre front soucieux.

Mais ce n'est pas en vain qu'on scrute les nuages
Et ce n'est pas en vain qu'on a couru l'azur :
Le regard du poète en redescend plus pur,
Et son âme à jamais est pleine de mirages.

Toutes les visions que vos yeux grands ouverts
Ont vu passer au ciel de Bretagne, ce livre
A fixé leur splendeur éparse et nous en livre
Le secret merveilleux dans le charme du vers.

Vos vers, nous les aimons comme la fleur des landes,
Rose sous le ciel gris, vivace en maigre sol ;
Les abeilles pourtant la couvrent de leur vol
Et nos enfants toujours y cueillent des guirlandes.

Cependant qu'on en fait des bouquets et du miel,
Un pâtre dont la voix frêle et claire est touchante,
Un jeune pâtre, assis dans la bruyère, chante,
Les mains pleines de terre et les yeux pleins de ciel.

La Coupe

Pour Édouard Beaufils.

Je me rappelle, ami, ce matin de printemps...
Vous m'apportiez timide, en vos bras hésitants,
    Comme craignant un blâme,
Ces jolis vers écrits sans savoir, à vingt ans,
    Ces fleurs printanières de l'âme.

Des fleurs, des fleurs ! C'étaient les exquises moissons
Faites à l'aube, au gai soleil, quand des chansons
    Palpitent sur les lèvres;
Vers d'écolier gardant un écho des leçons
    Dans l'émoi des premières fièvres.

D'aimables vers fleuris de candeur, de ces vers
Pleins de sainte ignorance, où les hasards divers
    Du sourire et des larmes,
Sur des rythmes qui vont quelquefois de travers,
    Ont éparpillé tant de charmes.

Ces charmes dont en vain l'artiste se défend,
Quand pour jamais a fui de son vers triomphant
    La grâce naturelle ;
Charmes divins des maladresses de l'enfant
    Que l'inconscience a sur elle !

Et, dans ces vers sans art, vers émus et troubleurs,
Telle luit, au matin, sur les nouvelles fleurs,
    L'étincelle irisée,
Scintillaient, radieux de sourire, vos pleurs,
    Du soleil sur de la rosée !

Et moi, je souriais d'abord, et je pleurais,
Retrouvant ma candeur éparse en les regrets
    Des anciennes années...
Souvenirs attristés que l'humble bouquet frais
    Éveille dans les fleurs fanées.

Oui, c'était un rayon de ces soleils premiers
Qui font sur les rameaux glacés de nos pommiers
        Jaillir de fraîches pousses,
Lorsque, fêtant l'avril amoureux, les ramiers
        Ont de très lentes plaintes douces.

Douces plaintes berçant des souvenirs très doux !..
Et je me rappelais que j'avais, comme vous,
        A l'âge où l'on ignore,
Écrit de petits vers naïfs, de grands vers fous,
        De jeunes vers remplis d'aurore.

*
* *

L'Artiste, cependant, soucieux du devoir,
Celui qui sait combien ces grâces là sont brèves,
Devait dire à l'enfant amusé de ses rêves
Le grand secret que le Poète doit savoir :

Ce n'est pas tout d'écrire en un vers qui s'enflamme
De ces mots radieux montés tout droit du cœur,
Et d'y faire ondoyer le panache vainqueur
Que la jeunesse irrésistible met à l'âme ;

Trop tôt, hélas! doit fuir ce charme aérien
De tes vingt ans sous la ride irrémédiable ;
Lorsque disparaîtra cette beauté du diable,
Tes vers qui pâliront n'en garderont plus rien.

Redoute alors l'affront des sourires immenses
Que subit l'obstiné *maestro* d'autrefois,
S'éternisant à roucouler, ténor sans voix,
L'amoureuse fadeur des anciennes romances.

Les sentiments banals sont d'un effet très sûr ;
Ne te laisse pas prendre à leur facile leurre.
Pour avoir répété : je t'aime! ou bien : je pleure !
Ne crois pas que ton vers contienne assez d'azur.

Enguirlander de ces vieux mots ces vieilles choses,
D'autres qui ne sont pas poètes le font mieux :
La femme a pour cela le rire des beaux yeux
Et l'enfant pour cela le cri des lèvres roses !

Abandonne aux bourgeois sensibles et touchants
Les mots du cœur de ce poncif vocabulaire,
Pour imposer, narguant le rire ou la colère,
La splendeur de la forme artistique à tes chants.

Ne dis pas tes douleurs comme les dit la foule ;
Mets dans tes vers des diamants et non des pleurs,
Et si l'amour y vient encor jeter des fleurs
Que ton poème fier l'enveloppe et le moule.

Souris quand un pédant te marquera du doigt
Un de ces attentats à la règle qu'il glose ;
Ne te crois pas forcé d'enseigner quelque chose ;
Surtout ne prétends pas prouver quoi que ce soit.

Laisse les demander que notre vers s'emplisse
De ce qu'ils ont nommé *la pensée*, et pour eux
Garde toujours l'obscurité de ces mots creux
Dont l'énigme sonore étonne La Palisse.

Rêve, ô poète, et fais rêver ! Pour quelques uns,
Enferme une beauté secrète en tes poèmes :
Il est une pensée au cœur des chrysanthèmes ;
Les lilas ont des sentiments dans leurs parfums !

N'écoute pas ces lourds argousins de grammaire
Pour qui la rhétorique est un code pénal,
Tout fiers, à la lueur de quelque vieux fanal,
De surprendre en flagrant délit notre chimère.

Mais cherche en leurs secrets les multiples accords
Des beaux rythmes vibrant au son des belles rimes ;
Attends d'être vainqueur en toutes ces escrimes
Pour engager avec l'Idée un corps à corps.

Quand ton vers serait vrai comme tous les proverbes,
Que m'importe ! Avant tout, il faut qu'il sonne clair,
Et qu'un écho divin le prolonge dans l'air,
Multiplié par des résonnances superbes.

D'abord, je veux le vase, et quant à la liqueur,
J'attends qu'un art sévère, achevant son ouvrage,
Ait fait la coupe d'or digne d'un tel breuvage,
Pour y verser, joyeux, tout le sang de mon cœur.

*
* *

La Coupe, la voilà ! La Coupe des Baptêmes !
La Coupe des Hymens ! La Coupe des Adieux !
Ton Caprice y sculpta de nobles Chrysanthèmes,
Pendant que près de Toi, bravant les Anathèmes,
Je chantais la Chanson des Héros et des Dieux.

La Coupe, la voilà, la Coupe ! L'Œuvre est faite !
Et ton Orgueil sera le prix de tes Efforts !
Le Palais triomphal est ouvert ! Monte au Faîte !
Voici qu'autour de Toi les fanfares de fête
Vers le Ciel ont clamé la Victoire des Forts !

La Coupe, la voilà ! Tous ceux que tu réveilles
En l'hymne radieux des Buccins éclatants,
Ceux là voudront briser la Coupe de tes veilles,
Où ton Rêve d'Artiste incanta les Merveilles
Des Philtres constellés d'Aurore et de Printemps.

La Coupe, la voilà, rayonnante de Gloire !
Emporte la, bien loin, sur les Apres Sommets,
Où Seul, abandonné de tous, tu devras boire,
Poète, en la Beauté de ton Royal Ciboire,
Le Sang qui va couler de ton cœur, à Jamais !

LES CLOCHES

La cloche, écho du ciel placé près de la terre.

(V. H.)

Qu'y a t'il de nouveau dans le son des cloches ?

(BALLADE BRETONNE)

Fulgura frango.

Le Son des Cloches

A travers le silence assoupi des *Matins*,
  Jetant leurs sons voilés comme de doux reproches,
Sur l'alanguissement de tous les bruits éteints,
Voici qu'à l'aube pâle accourent des lointains,
Rebondissant d'échos en échos sur les roches,
Les languissantes voix des virginales cloches.

O les chastes réveils que vous tintez, ô cloches,
Lorsque la pureté divine des matins
Auréole les blancs sommets des hautes roches.
O quelles nuits sans peur et quels jours sans reproche
Cloches, vous augurez, chassant vers les lointains
Les feux follets de nos mauvais désirs éteints.

*
* *

Maintenant, ce n'est plus par petits coups éteints,
C'est par grands carillons que vous tonnez, ô cloches,
Emplissant de vos cris sonores les lointains.
Ce n'est plus votre voix timide des matins ;
C'est un bourdonnement d'audacieux reproches
Qui s'affaisse en un lourd écroulement de roches,

Car c'est *Midi*, dardant ses rayons sur les roches...
Mon front se courbe et mes regards se sont éteints.
Et je fuis, comprenant ce que tu me reproches,
O, si triste pour moi, joyeuse voix des cloches,
Qui ricanes l'oubli des suaves matins
Et me nargues l'espoir promis aux jours lointains !

*
* *

Ils se sont effacés dans les mornes lointains,
Les beaux jours, où, debout sur la cîme des roches,
Le poète chantait le soleil des matins ;
Tous les astres du ciel radieux sont éteints.
O les cloches du *Soir !* O les navrantes cloches !
Voici la nuit ! Tout est regrets, tout est reproches !

Bondissez dans mon cœur, ô regrets, ô reproches,
Douloureusement, comme, en les clochers lointains,
Bondissent les derniers battements de ces cloches...
Les autres cœurs, hélas ! plus cruels que les roches,
Refusent leurs échos aux pauvres glas éteints,
Plus doux pourtant que le tintement des matins.

*
* *

Matins, Midis et *Soirs !* Espoir, joie ou reproches !
Les sons éteints ! Les voix éteintes ! Très lointains,
Par les roches, encor quelques sanglots de cloches !

Clairons et Tambours

AÙ VICOMTE XAVIER DE BELLEVUE.

PITEUSEMENT, les mornes recrues,
   Battant mal et sonnant faux,
Vont exercer, tout au bout des rues,
   Tambours et clairons nouveaux

Tordant les bras et gonflant la joue,
   Ils apprennent là comment,
Pour la parade ou la guerre, on joue
   Les beaux airs du régiment.

*
* *

Dans les matins d'hiver froids et pâles,
J'entends, le long des faubourgs,
Comme des cris et comme des râles,
Leurs clairons et leurs tambours.

Je les entends, ces pauvres musiques
Qui se meurent par moments,
Éparpiller des notes phtisiques
Et de maigres battements.

Je les entends, tâchant de revivre,
Lancer tout à coup dans l'air,
Avec effort, un sanglot de cuivre
Sur un roulement plus clair.

Et l'on dirait un appel qui leurre
Vers les gloires d'Autrefois ;
Et l'on dirait que hurle et que pleure
Une triste et fière voix.

Et l'on dirait, sourde et monotone,
Une plainte, tout là bas,
D'une vaillante âme qui tâtonne
Pour sortir et ne peut pas.

*
* *

Battez plus fort pour qu'elle soit libre,
Cette Ame de nos Grands Jours,
Et que la voix belliqueuse vibre
Sur le frisson des tambours.

Sonnez plus haut pour que la Patrie,
En son deuil que nous pleurons,
Entende enfin la Gloire qui crie
Dans le cuivre des clairons.

*
* *

Mais la fanfare, hélas ! comme morte,
Tombe après de vains élans
Et l'espérance héroïque avorte
En râles sourds, en cris lents !

Hélas ! toujours la tristesse monte !
Le deuil, hélas ! est plus fort !
Quand les tambours ont battu la Honte,
Les clairons sonnent la Mort.

La Maison Blanche

A Louis Le Lasseur de Ranzay.

Au milieu du Lac Bleu que ceint la Forêt Vaste,
Dans la Sérénité de son Isolement,
Dressant ses murs de marbre rose insolemment,
S'élève le Palais de l'Orgueil et du Faste.

Le Seigneur qui l'habite est sombre. Sur la Tour
Flotte son Étendard Noir, et, pour que personne
Ne franchisse le seuil du Palais, un glas sonne
Qui sans cesse répand la terreur alentour.

Nul ne Le verra plus, sous les tentures blanches,
En manteau de velours, en robe de satin ;
Nul ne sera requis par Son Geste hautain
De franchir le rempart des Vagues et des Branches.

Nul ne L'entendra plus dans ce Palais Pervers,
Parmi les Voluptés et parmi les Magies,
Dans les Illusions de tous côtés surgies,
Incanter Sa Musique et déclamer Ses Vers.

O regrets de l'Ivresse où se perdent les âmes,
Quand le Rythme emportait les pauvres corps heureux !
Oh ! combien ont gardé les Stigmates sur eux
Du Rêve qui les a brûlés de longues flammes.

Arbres de la Forêt, pourquoi frissonnez-vous ?
Les voyez vous, ceux là, semblables à des ombres,
Qui reviennent errer sous vos Ramures sombres,
Loin du Palais, jetant vers Lui des regards fous ?

O Lac Bleu, qui te fait ces Vagues courroucées ?
N'est ce pas que tu sens en toi comme un remords
D'avoir enseveli sous tes flots tant de morts
Dont ce Palais Fatal obsédait les pensées ?

Et Toi, sous la splendeur implacable des cieux,
Quels regrets ont rougi Tes yeux mornes et vagues ?
Sous les Arbres géants et dans les hautes Vagues,
Que poursuis Tu, Seigneur maintenant soucieux ?

*
* *

« A quoi bon sur les jours entasser les années ?
Pourquoi vivre ? Je sais dans quel gouffre béant
Tombent avec effroi, comme des fleurs fanées,
Les Rêves d'Idéal condamnés au néant.

J'ai vécu dans l'Orgueil de l'Art, loin de ce monde
Dont Je hais le trompeur et misérable émoi ;
Loin de l'homme vénal et de la femme immonde,
Fièrement J'ai cherché Mon seul refuge en Moi.

En Moi même j'ai fui Ma chair. J'ai pris pour cible
Mon cœur sanglant. Je l'ai déchiré de Ma main ;
J'ai fui dans Mon esprit que J'ai fait impassible
La honte de sentir en ce cœur rien d'humain.

Rien de ce qui vibrait dans les autres poitrines,
Je ne l'ai plus laissé palpiter dans Mon sang,
Et, devant les splendeurs et devant les ruines,
Je fus un spectateur et Je fus un passant.

Un passant ! C'était trop de cette basse envie
Qui jette sur le monde un regard curieux ;
Et, pour ne plus rien voir de l'homme et de la vie,
Loin de tout, J'ai caché le regard de Mes yeux.

Les murs de Mon Palais, très hauts, la Forêt d'arbres,
Très épaisse, le Lac, très large et très profond,
Ont enfermé, sur les Tapis et sur les Marbres,
La Solitude où Tout le Rêve en Moi se fond.

En Moi Seul, j'ai cherché mon Orgueil et ma Joie,
Et lorsque Je consens au culte des Élus,
Il se peut qu'on M'entende, il se peut qu'on Me voie,
Mais Moi, Je n'entends rien et Je ne les vois plus.

Je suis Seul, comme J'ai voulu. Je suis le Maître
Qui n'aime et qui ne craint personne en ce Haut Lieu !
Je suis le Seul Vivant et Je suis le Seul Être,
Ma Seule Règle et Mon Seul But et Mon Seul Dieu !

Or voici que l'ennui de penser et de vivre,
Jusqu'en l'Isolement où Je trône M'a pris ;
Le dégoût que J'avais des autres vient Me suivre
Et Moi même Je suis tombé dans Mon mépris.

Et Je comprends la vanité de Ma pensée,
Et Mon regard en Moi M'écœure comme en eux,
Et voici que s'exalte en Mon âme lassée
Le désir de Me fuir hors de ce Moi honteux.

J'anéantirai donc cette dernière vie,
Pour qu'il ne reste rien de Moi. Mon sang, Ma chair,
J'y tuerai la Chimère ardemment poursuivie ;
J'y détruirai l'Être Pensant qui Me fut cher. »

*
* *

Et, du haut de la Tour, le Poète s'élance,
Et le Lac le reçoit dans un frissonnement ;
Mais l'eau qui sous le corps s'est troublée un moment
Aussitôt a repris son calme et son silence.

Et dans les profondeurs sombres enseveli,
Lui qui n'avait rêvé que Splendeurs et que Gloire,
Le Poète, martyr de son Rêve illusoire,
Dort à jamais dans le Sommeil du grand Oubli !..

*
* *

Oh ! fuyez la Forêt où chantent les Voix Douces ;
Sous son ombrage épais n'égarez plus vos pas !
Oh ! fuyez la Clairière où languissent là bas
Les Rêveurs mollement couchés parmi les mousses.

Fuyez le Lac tranquille où, comme en un tableau,
L'azur du ciel lointain reflète ses Mensonges !
Fuyez la Barque lente où se bercent les Songes
Des Endormis que la Mort guette au fond de l'Eau.

Oh ! fuyez le Palais séducteur et perfide,
Dont les Clartés et les Parfums et les Accords
Ensorcelleront l'âme et briseront le corps,
Où le cœur se dessèche, où le cerveau se vide.

Fuyez l'enchantement de tous ces Lieux Maudits,
Où s'alanguit la voix, où le regard se glace ;
Trop tôt vous en saurez la mortelle Fallace,
Poètes, éternels chercheurs de Paradis.

*
* *

Il est une Maison Blanche, au bord de la Route,
Dont le calme a tenté le Jeune Voyageur ;
Qu'il entre Là : l'Enfant Blonde au regard songeur,
L'Enfant Blonde Se tait, mais Sa Candeur écoute.

Qu'il lui dise le rêve ému de ses vingt ans,
Le rêve insoucieux de la forme choisie,
Et qu'il borne, en des mots simples, sa poésie
A son désir fleuri d'aurore et de printemps.

Mais à quoi bon parler ? Le regard est plus tendre,
Le sourire meilleur et plus douce la main ;
Qu'il se taise et revienne encor le lendemain
Vers la Porte où l'Enfant Blonde viendra l'attendre.

*
* *

Voilà cet Idéal que tu cherches en vain
Et dont te ment toujours la magie éphémère !
Ô poète, que vaut ton art et sa chimère,
Auprès de cet Amour au Silence divin.

Pourquoi fuir dans l'orgueil de l'esprit solitaire ?
Écoute que voici le Rêve Essentiel :
Les yeux bleus de l'Aimée enferment Tout le Ciel
Et Ses bras amoureux ont clos Toute la Terre.

Ton âme lasse, viens en Son Cœur l'apaiser.
Puisque tu ne sais plus vivre en toi, vis en Elle ;
Le mot secret de la Patience Éternelle,
La Femme nous l'apprend tout bas en un Baiser.

Oh ! goûter le Bonheur de ces longues soirées
Dans la Chambre tranquille et tiède, où les Enfants
Vont épandre bientôt les éclats triomphants
Des yeux d'azur et des chevelures dorées.

Tout ce qu'il faut aimer, tout ce qu'il faut savoir,
La Sainteté des très Anciennes douces choses,
L'apprendre à ces Petits et sur leurs lèvres roses
Borner Pieusement l'Idéal au Devoir.

Et par ces chers Amours où l'on se sent Revivre
Réveiller dans son âme un écho de la Voix
Qui disait la Naïve Prière, Autrefois !...
Quel poème meilleur, ami, quel meilleur livre ?

Enfermer tout son être en la Vieille Maison ;
Vivre ainsi, vivre heureux pendant toute une vie,
Sans attrister son cœur d'une seule autre envie,
Sans vouloir agrandir d'un pas son horizon !

Si tu le pouvais, toi, dont l'espérance clame
Quelque vague Idéal qui te leurre toujours,
Tu goûterais, parmi ces Tranquilles Amours,
Le calme de l'Esprit et le calme de l'Ame,

Fuis le palais empli d'attraits fallacieux !
Fuis la forêt qui tend ses perfides ombrages !
Fuis le lac dont l'azur n'est fait que de mirages !
Et cherche la Maison Paisible sous les Cieux.

*
* *

Hélas ! Hélas ! Regarde, au fond de ces eaux mornes,
Poëte, en quel silence et quelle obscurité,
Meurt celui qui voulut vivre un rêve exalté
Dans le temps sans limite et l'espace sans bornes !

Aux Comédiens Bretons

LORS DE L'INAUGURATION D'UN THÉATRE FRANÇAIS,

A MORLAIX, LE 14 AVRIL 1888.

A M. LE VICOMTE H. DE LA VILLEMARQUÉ.

LE voilà donc debout, à Morlaix, ce théâtre,
Solennel comme un temple et coquet comme un nid ;
Monument de sapin, de briques et de plâtre,
Il se dresse au pays du chêne et du granit.

Il faudra quelque temps avant qu'on s'accoutume
A cette nouveauté profane d'un palais
Où plus d'un vieux Breton voit avec amertume
Le spectre de Paris au milieu de Morlaix.

Il se peut que l'orgueil de la langue Bretonne
Menace le français d'une incivilité
Et que longtemps encore, à Morlaix, on s'étonne
Que le Diable ait pignon sur rue en la cité.

Cependant aujourd'hui dans la ville surprise
L'art moderne a levé boutique de succès ;
Le théâtre est ouvert, et désormais la brise
Va porter vers les monts l'écho du vers français.

Voici qu'ils sont venus, les artistes de France !
Et drame et comédie et tragédie, enfin,
Vont étaler ici non sans irrévérence,
Auprès de l'art naïf, l'art grandiose et fin.

Et ces vers de Musset qu'on jette pour baptême
A la salle vibrant de la base au fronton,
Ces vers harmonieux semblent un anathème
Du théâtre français au théâtre Breton,

*
* *

N'avez vous pas eu peur, artisans de Bretagne,
Vous dont le geste est gauche et le langage dur,
Quand vous avez appris que vers votre montagne
Le prince Hamlet rendait visite au prince Arthur ;

Et qu'avec lui, portant leurs victoires écrites
Dans la fierté de leurs regards, de grands rivaux
Venaient chez vous ravir à vos humbles mérites
Le succès qui s'exalte aux spectacles nouveaux !

N'avez vous pas tremblé, comédiens austères,
Lorsqu'on vous a montré ces hommes triomphants,
Artistes raffinés à qui nos vieux mystères
Doivent sembler naïfs comme des jeux d'enfants.

O vous dont le marteau, la cognée et la scie
Ont alourdi les mains, acteurs au teint hâlé,
A la voix hésitante, à la taille épaissie,
O gens de Plouaret, n'avez vous pas tremblé ?

Regardez leurs bras blancs, voyez leurs tailles fines,
Leurs visages poudrés qui sont jeunes toujours,
Et n'entendez vous pas de quelles voix divines
Ils savent soupirer la chanson des amours.

Ils ont l'art de bien dire et le secret de plaire,
Tous ces nouveaux venus si savants et si beaux ;
Et je frémis pour vous et pour l'art séculaire
Qui fleurit au pays du *Vieux Gars en sabots*.

Et pendant que sur nous le vers de Musset chante
Avec un cliquetis de cuivre et de cristal,
Comme une obsession, la légende me hante,
Qui semble vous jeter un présage fatal :

Ce *Vieux Gars en sabots*, au retour des veillées,
Se promène, dit on, d'un pas sévère et lent,
Et les hommes craintifs, les femmes effrayées,
Ceux qui l'ont rencontré tremblent en en parlant.

Car quiconque, on le sait, par audace ou mégarde,
Ose fixer les yeux sur cet homme maudit,
Se sentira, tant pis pour celui qui regarde !
Rapetisser, pendant que le *Vieux Gars* grandit.

Et, de même, parmi les artistes de France,
Quand vous êtes assis, timides et honteux,
J'ai peur que vous n'ayez, vous aussi, la souffrance
De vous voir devenir tout petits devant eux !

Et j'ai peur qu'écoutant la fine comédie,
Remués par le drame aux modernes accents,
Vous ne sentiez en vous cette flamme attiédie
Où l'art Breton mettait comme un parfum d'encens.

J'ai peur que les beaux vers de ces nouveaux poètes
Ne gâtent votre oreille où leur chant retentit ;
J'ai peur que désormais, dans le trouble où vous êtes,
L'art ancien qui fut grand ne vous semble petit ;

Et qu'oubliant alors pastorale et mystère,
Dont la naïveté réjouit les moqueurs,
Amis Bretons, j'ai peur que vous ne fassiez taire
Vos simples voix pourtant si chères à nos cœurs.

Oh ! non, défendez vous de la nouvelle outrance
Et restez primitifs dans votre humble canton !
Parce qu'ils ont ouvert un théâtre de France,
Vous n'allez pas fermer le théâtre Breton,

Parce qu'ils sont vêtus de velours et de soie
Et qu'ils parlent français dans un riche décor,
Ne changez rien à l'art qui faisait notre joie ;
Dites les vers bretons : *La Vieille est belle encor !*

Oh ! demeurez toujours les dévots du vieux culte !
Apprenez à vos fils l'art chéri des aïeux ;
Ne permettez jamais devant eux qu'on l'insulte ;
Nous sommes d'une race où l'on aime les vieux !

Dites à vos enfants, si jamais on s'avise
De vous narguer, que tous ils viennent à Morlaix
Pour prendre bravement le cri de sa devise,
Et crier, eux aussi : *S'ils te mordent, mords les !*

Qu'ils vivent humblement comme vivaient leurs pères,
Comédiens parfois et toujours artisans,
Pour prolonger encore en de nouvelles ères
L'esprit et l'art Bretons survécus des vieux ans !

Oh ! ces jeux du printemps, ces jeux de la jeunesse,
Dont le meneur portait des bouquets bleus de lin,
N'est il pas doux toujours que le charme en renaisse
Dans vos drames ? Chantez Arthur ! Chantez Merlin !

Chantez les Corentin, les Hervé, les Tryphine !
Dans ces vers mutilés que vous dites encor,
Elle survit pour nous, la musique divine
Qui vibrait sur la harpe ancienne aux cordes d'or.

La clameur qui courait dans les forêts celtiques,
Appelant les Bretons vers la Croix, je l'entends
Palpiter dans le cri de ces mêmes cantiques
Qui célèbrent Jésus ainsi qu'aux premiers temps.

Chantez, c'est la Bretagne et dix siècles de gloire,
Qui brillent d'un éclat que rien ne peut ternir !
Vous dites d'espérer et vous dites de croire !
Chantez, c'est le passé ! Chantez, c'est l'avenir !

Les Jongleurs de Kermartin

A Monsieur Arthur de la Borderie.

Ils sont là cinq, marchant dans l'ombre, en désarroi :
Le père, Rivallon, Panthoada, la mère,
Amicie, An Koant, les filles, et Geoffroi,
Le garçon, tous les cinq enfants de la Chimère,
Pauvres jongleurs, mourants de faim, transis de froid.

Ils vont, tous cinq, poussant devant eux une chèvre,
De maison en maison, de refus en refus,
Sans pain depuis deux jours ; et, se mordant la lèvre,
Etouffant à grand peine un blasphème confus,
Ils se taisent, cachant en eux la même fièvre.

Leur courage est à bout des efforts surhumains ;
Car depuis Prisiac dans le pays de Vanne,
Ils sont las de chanter et de tendre les mains,
Sans qu'on ait accueilli la maigre caravane !
Et la neige partout encombre les chemins...

Leurs instruments au dos dans de grands sacs de toile,
Ils marchent, espérant qu'à l'horizon tout noir,
Ils verront luire enfin, dans la nuit sans étoile,
L'abri rêvé de quelque hospitalier manoir,
Pour y chauffer leur corps glacé jusqu'à la moelle.

Las ! ce n'est déjà plus le bon temps des jongleurs !
Les portes des châteaux qui s'ouvraient toutes grandes
Autrefois, quand, parmi les Noëls et les fleurs,
Joyeusement passaient leurs glorieuses bandes,
Se ferment maintenant au rire comme aux pleurs.

Et les rires sont vains et vaines sont les larmes,
Et le règne est fini des pompeux baladins ;
Tours de force ou d'adresse et belles joûtes d'armes,
Lais d'amour, fabliaux moqueurs, contes badins :
L'ancien art tant fêté n'a plus les mêmes charmes !

Il a fui ce bon temps, où, choyés par les rois,
Aimés par les seigneurs, jongleurs et jongleresses,
Dans les palais et les châteaux ayant tous droits,
Heureux de tant d'honneurs, fiers de tant de caresses,
Couverts d'or, s'en allaient sur de beaux palefrois !

Les dames, se pâmant en douces rêveries,
Les écoutaient, pendant que les nobles hautains
Ouvraient des yeux de joie aux longues momeries ;
Et votre place était marquée à leurs festins,
Ô jongleurs adorés, jongleresses chéries !

Oui, ces temps sont passés ! Au son de vos tambours,
Rassemblant les vilains peu pressés de vous suivre,
Vous courez désormais les villes et les bourgs,
Trop heureux quand, parfois, on paie en sous de cuivre
Vos gestes fatigués et vos instruments sourds.

En vain vous invoquez danseuses et poètes,
Vos aïeux, Taillefer, Borgabed, Salomé !
Ceux là faisaient tourner, tomber même les têtes...,
Mais qui de ces patrons dont le nom fut aimé
Pourrait vous relever de la honte où vous êtes ?

Poètes, allez donc ! allez donc, bateleurs,
Race illustre autrefois et maintenant immonde !
Et, sous votre musique étouffant vos douleurs,
Passez, sans demander à la pitié du monde
Ni l'aumône du pain ni la grâce des fleurs !

*
* *

Et les jongleurs marchaient le long des sentes blanches,
Toujours plus grelottants et plus silencieux,
Sans même oser lever un regard vers les cieux
D'où la neige tombait en lourdes avalanches.

Ils allaient au hasard, affolés, devant eux,
Comme étreints dans le deuil de ces plaines funèbres,
Quand la lune, soudain, dissipant les ténèbres,
A chacun fit mieux voir ses compagnons piteux.

Et tous leurs pauvres yeux en devinrent plus sombres
Lorsque, dans la clarté de ces pures blancheurs,
Sur la neige courut devant les cinq marcheurs
La danse étrangement sinistre de leurs ombres.

Mais tout à coup ce fut un cri de joie, un seul !..
En eux ils ont senti l'espérance renaître :
C'est un manoir... On voit sa plus haute fenêtre
Scintiller, fleur de pourpre au milieu d'un linceul !

Et leurs pas alanguis vers la maison du rêve
Se hâtent ; leur silence a comme une gaîté,
Et l'espoir consolant de l'hospitalité
Leur fait la nuit moins froide et la route plus brève.

Et le manoir grandit dans l'ombre peu à peu ;
Il est réel ; ce n'est ni rêve ni mirage ;
Ils courent, les jongleurs ; ils ont repris courage,
Car la table est servie auprès de l'âtre en feu.

Mais l'huis va t'il s'ouvrir au soupir lamentable
De ceux qui pour entrer se feraient si petits ?
L'âtre aura t'il un coin pour eux ? Leurs appétits
Seront ils tolérés au bas bout de la table ?

« Fasse Dieu que ce soit la fin de nos douleurs,
Dit la mère ; heurtez, mes filles, à la porte. »
Et le vieux Rivallon gémit d'une voix morte :
« Chrétiens qui m'entendez, ouvrez aux cinq jongleurs. »

Une voix répondit, impérieuse et haute :
« Passez, la porte est close à des gens tels que vous !
Vous êtes bien osés, si vous n'êtes pas fous,
De rêver pour vos jeux la maison d'un tel hôte ! »

« Ouvrez, dit Rivallon. Voici mon fils Geoffroi ;
Il marche sur les mains, les pieds en l'air ; il passe
A travers des cerceaux et bondit dans l'espace ;
Il est fort comme un Turc, il est beau comme un roi.

Moi, je jongle avec des assiettes et des boules ;
J'escamote un pigeon vivant ; ce m'est un jeu
D'avaler des couteaux ou de manger du feu,
Et mon adresse a fait l'étonnement des foules.

Ma femme sait jouer la vielle avec talent ;
La chèvre que voici pincera de la harpe ;
Mes filles mimeront la danse de l'écharpe :
C'est un spectacle neuf et tout à fait galant.

Si vous avez souci des personnes notoires,
Nous vous réciterons de merveilleux romans ;
Grands rois, bons chevaliers, jeunes princes charmants,
Belles dames, voilà le fond de nos histoires.

Aimez vous mieux les Saints ? Nous vous raconterons
La naissance, la vie, et la mort et la gloire
Des Ronan, des Cado, des Efflam, des Magloire,
Des Tugdual et des Corentin, nos patrons.

Car nous savons notre art et tout ce qu'il comporte,
Poésie et musique et danse et pugilat ;
Nous l'avons exercé partout avec éclat...
Et nous mourons de faim... Ouvrez nous votre porte ! »

La voix haute reprit : « Passez loin de ce lieu !
C'est ici le manoir de Kermartin ; mon maître
Est Yves Hélory, noble homme et très saint prêtre ;
C'est ici la maison d'un serviteur de Dieu.

Vous scandaliseriez nos gens au coin de l'âtre,
Bateleurs méprisés de chrétiens tels que nous !
Vous marchez sur les mains, nous prions à genoux ;
Notre vie est pieuse et votre art est folâtre !

Vils suppôts de Satan, passez votre chemin !
Vainement vous offrez les plaisirs de ce monde
A ceux qui, séquestrés dans une paix profonde,
Repoussent toute joie et n'ont plus rien d'humain ! »

« — Reprenons notre route, enfants, sans plus attendre,
Dit Rivallon. Que Dieu nous ait en sa merci !
Ce sont trop grands seigneurs pour nous que ceux d'ici ;
Les gens de bien parfois n'ont pas la vertu tendre ! »

Et tous les cinq tournaient le dos, désespérés,
Et, d'un même sursaut que la colère exalte,
Ils allaient repartir, quand Geoffroi cria ; « Halte !
C'est une clef qui grince et des verrous tirés. »

Et s'étant retournés, ils virent dans la porte
Un homme tout vêtu de bure, cheveux ras,
Et qui leur souriait, en leur tendant les bras,
Et qui les appelait d'une voix grave et forte.

Mais les pauvres jongleurs restaient là, tout tremblants,
N'osant pas s'approcher, se courbant jusqu'à terre
Devant la majesté de ce visage austère,
Sous l'éclat merveilleux de ces vêtements blancs.

*
* *

« Entrez, n'ayez pas peur ; je ne suis qu'un brave homme,
Et Kermartin est la maison du Bon Dieu, comme

Yves, fils d'Hélory, n'est que le serviteur
Des pauvres. Je n'ai point approuvé la hauteur
Qu'a prise mon valet pour parler à des frères.
Vous et moi, nous vivons en des états contraires,
Mais on peut se sauver en tous états, je crois :
Donnez moi vos bâtons que j'en fasse des croix !...
Ah ! si l'on choisissait, quand on vient en ce monde,
Sa famille et son rang, illustre ou bien immonde,
Qui jonglerait et qui marcherait sur les mains ?
Qui voudrait s'en aller ainsi par les chemins,
Mendiant dans le froid et la nuit, pauvres hères
Mal vêtus, mal couchés et faisant maigres chères ?
Qui plutôt n'aimerait, fils de nobles parents,
S'épanouir dans la fortune et les hauts rangs,
Avoir de beaux palais, table toujours servie,
Et passer en menant grand train dans cette vie ?
S'accordant tous plaisirs et s'arrogeant tous droits,
Tous se feraient barons ou ducs, princes ou rois,
Et pour mettre en bas lieu nous n'aurions plus personne.
Que notre place donc soit mauvaise ou soit bonne,
Acceptons la, soumis aux volontés de Dieu ;
Et gardons nous surtout, nous, placés en haut lieu,
D'offenser par de sots dédains les misérables.
Soyons hospitaliers et soyons secourables ;
L'Évangile nous trace ainsi notre devoir.

Ce n'est pas contre les petits qu'il faut avoir
Cette sainte colère aux ardeurs légitimes :
Vous êtes opprimés et vous êtes victimes ;
Mais les persécuteurs, ceux qui sont tout puissants,
Qui vivent acharnés sur vous, les innocents,
Contre qui vous n'avez ni recours ni refuges,
Tous les méchants seigneurs et tous les mauvais juges,
Pour qui vertu, justice, honneur, ne sont qu'un jeu,
J'ai contre eux dans mon cœur la colère de Dieu,
Oiseaux de proie à qui je rognerai les ongles !...
Entrez donc tous, toi qui bondis et toi qui jongles,
Vous, mes sœurs, qui chantez et votre chèvre aussi,
Car Notre Seigneur veut qu'on vous ait en merci.
Qu'il soit béni ce bon Maître qui vous envoie
Vers mon logis ; ce m'est une indicible joie
Toutes fois qu'il veut bien mettre dans mon chemin
Des malheureux à qui je puis tendre la main.
Du moins, le servez vous, ce Maître qui vous aime
Et qui veut qu'on vous serve ? Et l'aimez vous de même ?
Êtes vous bons chrétiens, vrais fils de Jésus Christ ?
Suivez vous l'Évangile ainsi qu'il est écrit ?
Car il faut que sa Loi dans nos âmes fleurisse.
O mes frères, fuyons l'orgueil et l'avarice ;
Ne soyons violents, jaloux ni paresseux ;
Craignons la gourmandise et n'imitons pas ceux

Qui vivent dans le crime infâme de luxure.
Et surtout prions Dieu, car l'arme la plus sûre,
Pour vaincre en ce combat que livrent les Chrétiens,
C'est la prière... Entrez... Vous aurez pour soutiens
L'exemple tout d'abord et bientôt l'habitude ;
Alors vous connaîtrez cette béatitude
De vivre en Dieu, n'ayant pour règle que sa Loi.
Et, vos jours écoulés en ce pieux emploi,
Vous attendrez la mort, silencieux et calmes,
Car les Anges au Ciel vous offriront des palmes
Et Jésus vous dira, comme je vous le dis :
O mes frères, entrez dans mon saint Paradis ! »

*
* *

Le Paradis ! C'était le Paradis sur terre
Qui s'ouvrait devant eux, quand, dans l'âtre flambant,
L'hôte les fit asseoir, tous les cinq, sur le banc,
Et quand vers eux monta la flamme salutaire.

Et lorsque, détendant leurs membres engourdis,
Ils virent apparaître au haut bout de la table
La soupe appétissante et le lard délectable,
Servis pour eux !.. Oh ! oui, c'était le Paradis !

C'était le Paradis, ce pacifique asile
Que l'hospitalité leur ouvrait grandement,
Et les jours y passaient dans le ravissement
D'une existence ainsi régulière et tranquille.

Le saint prêtre vivait très humble et très pieux,
Doux aux petits, sévère aux grands, mais juste et sage,
Réformant les abus partout sur son passage
Et conseillant le bien, quand il faisait le mieux.

Son éloquence était grave et pleine de charmes,
Terrible quelquefois pour dompter les railleurs ;
Et ceux qui l'écoutaient en devenaient meilleurs,
Car ils s'étaient sentis remués jusqu'aux larmes.

Et les pauvres jongleurs, témoins toujours présents
De cette sainteté qui sait gagner les âmes,
Eux aussi, désormais brûlés des mêmes flammes,
Entrés là pour un jour y vécurent dix ans.

Et lorsque, des vertus d'Yves faisant la somme,
Dieu pour vivre parmi ses élus l'appela,
Auprès du lit de mort les jongleurs étaient là ;
Et ce fut dans leurs bras que mourut le saint homme.

*
* *

Et quand sur le tombeau d'Yves, fils d'Hélory,
Grâces et guérisons et miracles insignes
Pour tous et devant tous bientôt eurent fleuri,
La Bretagne, y voyant éclater de tels signes,
Voulut qu'on fît un Saint de son enfant chéri.

Les jongleurs, appelés devant les Commissaires,
Parurent, quand le jour des Enquêtes eut lui ;
Ils parlèrent du bon seigneur, les pauvres hères,
Et pendant qu'ils disaient ce qu'ils savaient de lui,
Sa vertu rayonnait dans leurs récits sincères.

Alors, sur ses autels, dans l'encens et les fleurs,
L'Église admit celui que la Bretagne honore ;
Les cœurs battaient, les yeux étaient mouillés de pleurs,
Cependant que vibrait, radieux et sonore,
L'hymne du nouveau Saint chanté par les jongleurs.

La Mort de Brizeux

A MES AMIS BRETONS.

BRIZEUX

C'EST la mort !... C'est la mort, loin du pays aimé !
C'est la mort, loin de mes amis, loin de ma mère,
Seul !... Oh ! plus triste ainsi, la mort, et plus amère
Lorsque tout refleurit aux premiers jours de Mai.

C'est la mort !... Dans la fièvre ardente des pensées,
Poète, avoir conçu tant de projets nouveaux,
Et, quand l'heure a sonné de ces mâles travaux,
Oh ! sentir que la plume échappe aux mains glacées !

Tous les efforts trompés et tous les désirs vains !
Toute espérance folle et toute foi meurtrie !
Ma mère, mes amis, mon œuvre, ma patrie,
Ne pouvoir achever tous ces rêves divins !

Faut il que tout nous fuie ainsi, que tout s'efface !
Garder tous ces amours au cœur et mourir seul,
Sans qu'un ami soit là, qui, d'un coin de linceul,
Vienne pieusement vous recouvrir la face !

MARIE

Non, poëte !... Tous ceux que ton rêve appela,
Voici qu'ils sont venus du fond de la Bretagne ;
La mer et la forêt, la plaine et la montagne
Ont entendu tes cris, poëte, et je suis là !

BRIZEUX

Est il vrai que ce soit elle qui me sourie ?
Ô le corsage rouge ! ô les jupons rayés !
Ô la coiffe de lin ! Mes yeux émerveillés
Ont revu mes amours de quinze ans. C'est Marie !

MARIE

C'est moi ! Rappelez vous ces beaux jours de printemps
Où je venais au bourg, pieds nus, le long des sentes.

BRIZEUX

Je vous suivais de loin, et nous étions contents,
Douce sérénité des âmes innocentes,
Si nous pouvions, sans nous parler, nous voir longtemps.

Et l'église et le vieux curé ! Voyez : la gaule
A la main, c'est bien lui qui passe parmi nous.
Marie, il vous mettait quelquefois à genoux...

MARIE

Et sa gaule souvent tombait sur votre épaule.
Vous me regardiez trop.

BRIZEUX

             Vos yeux étaient si doux.

Voici notre vieux bourg d'Arzannô. C'est l'école !
Parmi les foins coupés, tous ces jeunes garçons,
Assis le livre en main, apprennent leurs leçons.
Jeune fou, me voilà dans cette bande folle.

MARIE

Au cimetière, un jour, vous couriez après moi,
Daniel et vous, avec trois belles demoiselles...

Sauvage, je fuyais ; ma coiffe avait des ailes...
Je fus prise : « Voilà Marie ! » Oh ! quel émoi !

BRIZEUX

Rappelez-vous, dans la montagne et dans la plaine,
Les jours de Fête Dieu, pour les processions :
A travers tout un peuple à genoux, nous passions,
Jetant vers l'ostensoir les roses à main pleine.

Jours heureux, jours bénis d'innocente ferveur !
Quand je baisais les pieds saignants du Bon Sauveur,
Quelle foi radieuse illuminait mon être !
Chrétien, j'aurais versé tout mon sang pour la Croix
Et, comme ces vaillants que la grâce pénètre,
La joie au cœur, j'aurais crié : J'aime et je crois !

O ces beaux anges blancs ouvrant de grandes ailes !
Ces saintes au regard si doux, ayant sur elles
De troublantes lueurs qui fascinent les yeux,
Et ces jeunes martyrs aux pâles mains percées,
Par quelle inoubliable attirance des Cieux,
Là Haut, ils emportaient avec eux mes pensées.

Et la Vierge ! Dans quel mystique enchantement,
J'allais me confier délicieusement

A sa statue, au fond de la sombre chapelle ;
Dans quel oubli de tout, longtemps, le front levé
Vers cette vision qui souriait, si belle,
Je berçais mon extase au rythme des *Ave*.

O bienheureux l'enfant qui commença la vie
Sous ces abris et dont l'âme à jamais ravie
A goûté cette foi naïve des vieux jours ;
Vainement les erreurs l'assaillent et le doute,
Les jeunes souvenirs sont vivaces toujours
Qui fleurissent son âme et la parfument toute.

MARIE

Vous souvient il du jour qu'assis les pieds dans l'eau,
Nous regardions courir les poissons ? Quelle fête !...

BRIZEUX

Soudain sur votre main j'aperçus une bête
Qui venait se poser...

MARIE

C'était au pont Kerlô.

BRIZEUX

Je voulais la tuer, mais vous, de votre bouche

Que vous arrondissiez comme pour un baiser,
La sauvant de mes mains quand j'allais l'écraser,
Vers le ciel vous avez soufflé l'heureuse mouche.

MARIE

Oui, nous avions quinze ans ! Que de fois j'ai pensé,
Au milieu des labeurs de notre maisonnée,
Dans le trouble ou le calme, à la belle journée
Dont le cher souvenir ne s'est pas effacé.

BRIZEUX

Que d'heures ont passé brillantes depuis l'heure
Où nous étions assis sur le pont ! Que de jours
Depuis le jour de nos quinze ans ! Et que d'amours
Qui se disaient heureux qu'on maudit et qu'on pleure !

Mais l'heure la plus douce et le jour le plus beau
Et l'amour le meilleur, les voilà, car leurs charmes
Sont demeurés vivants, et c'est avec des larmes
Que j'en goûte l'ivresse aux portes du tombeau.

Oui, nous avions quinze ans ! L'âge où dans le silence
           Des jeunes amoureux,
L'inexprimable aveu de l'amour pur s'élance
           De toute chose entre eux ;

Où tout prend une voix, au ciel et sur la terre,
Pour leur dire tout bas
Le secret de l'énigme et le mot du mystère
Qu'ils ne comprennent pas.

Et quand même, à l'appel de la nature tendre,
Timides, sans oser,
Ils n'ont pas répondu, ne sachant pas se tendre
Leurs lèvres au baiser...

Qu'importe ! Les yeux clos et les oreilles closes
Aux caresses de Mai,
En se taisant, ils se sont dit assez de choses...
Tous les deux ont aimé !

Et leur amour doit vivre, embaumé de jeunesse,
Et, plus tard, sur leur front,
Quand les chers souvenirs, ainsi qu'une caresse,
Du ciel redescendront,

Ils souriront au vol de cette mouche frêle,
Comprenant aujourd'hui
Que l'enfant lui donnait la liberté pour elle
Et le baiser pour Lui !

Puis, vous fûtes malade... Un jour, près du Calvaire,
Je vous vis à genoux, mains jointes, priant Dieu...
Je voulais vous parler ; vous me dîtes adieu,
De quelle voix alors solennelle et sévère !

Puis, un matin, je vis un jeune homme à cheval
Emportant dans ses bras la brune jeune fille.

MARIE

J'avais l'âge où chez nous on quitte sa famille.
C'était un paysan... mon mari !

BRIZEUX

                        Mon rival !

MARIE

Vous partîtes bientôt !... Au pays de Chimère,
Où vont tous nos messieurs, l'ingrat s'en est allé,
Loin de nous, loin des bords du Scorf et de l'Ellé,
Loin du clocher natal, hélas ! loin de sa mère.

BRIZEUX

Je ne l'oubliais pas, mon pays ; je l'aimais !
Dans le Paris moderne ou l'antique Italie,

Quel que fût mon amour de l'art ou ma folie,
La fierté de chez nous ne me quitta jamais.

Son souvenir, là bas, savait bien me poursuivre ;
J'y revenais... Un jour, Marie, à ce Pardon
Où vous et vos deux sœurs...

MARIE

               Oui, vous m'y fîtes don,
Regardez à mon doigt, de cet anneau de cuivre.

BRIZEUX

La Noël me revit au pays regretté...
Dans l'église, à minuit, suivant les us antiques,
Avec ceux d'Arzannô je chantais nos cantiques...
Mon chant par votre voix ne fut pas répété.

Vous viviez, me dit on, dans une autre paroisse...
Cependant je partais vers des climats lointains,
Rêvant pour ma Bretagne et pour vous les destins
D'une gloire immortelle et qui toujours s'accroisse.

Aussi loin que j'allai, mon pays me fut cher !
Au tréfonds de mon cœur il avait son asile.

Ne l'emporte t'il pas, tout Breton qui s'exile,
Vivant dans sa pensée et vibrant dans sa chair ?

Je l'aimais, mon pays ! Sa mer aux vagues hautes
Battant la solitude horrible de ses côtes,
Ses rochers noirs fouettés d'écume par les vents,
Ses îlots monstrueux où nichent les mouettes,
Ses récifs à fleur d'eau, ses cavernes muettes,
Ses grèves de cailloux et de sables mouvants.

Je l'aimais, mon pays, avec ses blancs villages
Qui semblent sommeiller le long des calmes plages,
Et ses ports abrités où chantent les pêcheurs,
Et la fuite sans fin de ses longues presqu'îles,
Quand, par les chauds midis, les goëmons tranquilles
Exhalent l'âcreté de leurs moites fraîcheurs.

Oui, je l'aimais avec les horizons sans bornes
De ses grands ciels d'été, silencieux et mornes ;
J'aimais ses doux printemps salués des vieillards,
Ses claires nuits d'hiver, scintillantes d'étoiles
Et l'automne qui vient partout jeter des voiles
Avec sa lente pluie, avec ses fins brouillards.

O les soleils couchants de ma chère Bretagne,
Quand l'astre d'or descend derrière la montagne,

Et, rouge, dans les flots lorsqu'il semble plonger,
O l'horizon rayé de bandes violettes,
Que traverse l'essaim des nuages, squelettes
D'animaux au pas lourd, d'oiseaux au vol léger.

Je l'aime, mon pays ! J'aime ses landes rousses
Que rosit la bruyère et que dorent les mousses ;
J'aime ses hauts landiers et ses genêts touffus,
Et j'aime ses forêts aux arbres séculaires
Où, lorsque le vent d'ouest apaise ses colères,
La brise fait courir de longs frissons confus.

J'aime ses petits champs clos de talus énormes,
Flanqués des troncs noueux des chênes et des ormes ;
Ses prés aux pommiers bas et ses ronciers épais ;
Ses étroits chemins creux pleins de fleurettes blanches,
Dont le soleil, de l'herbe verte aux vertes branches,
A peine vient troubler l'ombre molle et la paix.

Je l'aime, la Bretagne, avec ses fleurs, ses arbres,
Avec ses granits bleus polis comme des marbres,
Sa plaine, ses rochers, ses étangs, ses taillis ;
Je l'aime et j'ai trouvé tous les charmes en elle ;
Son ciel est doux, son sol est fort, sa mer est belle...
Et puis c'est la Bretagne ! Et puis c'est mon pays !

MARIÉ

Elle aime son poète aussi. Parmi ses bardes,
La Bretagne inscrivit votre nom, et, chez eux,
Nos gens parlent toujours de leur ami Brizeux.
Ils chantent ses bardits au son de leurs bombardes.

Vos poèmes d'amour, nos marins, nos conscrits
Les savent ; il les sait aussi, le petit pâtre ;
A sa douce le gars les dit au coin de l'âtre...
Tous les chants de nos cœurs, vous les avez écrits !

Aussi vous avez pris tous nos cœurs, ô poète,
Par tout ce qui les gagne en leur simplicité
Et, devant le haut cri que vous avez jeté,
Quelle voix désormais ne serait pas muette ?

Qui donc se flatterait de dire mieux que vous
La Bretagne et ses fils, notre vie et notre âme ?
En qui donc plus de grâce ? En qui donc plus de flamme ?
Quels vers seraient plus forts, plus graves et plus doux ?

Quand vous avez été notre barde fidèle,
Exalté justement notre orgueil a frémi ;
La Bretagne aime en vous son fils et son ami ;
Elle est fière de vous qui fûtes si fier d'elle.

Et votre souvenir est cher dans nos cantons ?
Le culte des aïeux que vous faites revivre
Protège votre nom et sacre votre livre,
O Breton, le premier des poètes bretons.

BRIZEUX

Je puis mourir. Gardez mon œuvre. Qu'elle reste
Comme un dernier témoin de la Bretagne agreste ;
Voici venir les Temps Nouveaux, froids et moqueurs.
On brise les granits, on renverse les chênes ;
Prenez garde au travail qui se fait dans les cœurs ;
Mon esprit a prévu des ruines prochaines.

Notre vieux sol partout s'entrouvre, traversé
Par des chemins ; j'ai dit : c'est bien !... Ils ont passé,
Les ouvriers faisant la besogne nouvelle !...
Moi qui disais : c'est bien !... déjà je m'en repens,
Car je vois, à travers le pays qu'on nivelle,
Se tordre leurs chemins comme de longs serpents.

Ces serpents, les voilà, grouillant de route en route,
Qui laissent derrière eux la révolte et le doute.
Sur votre bonne terre, ô Bretons au cœur franc,
Je les ai vus souffler l'orgueil avec l'envie
Et, pareils au Malin des Premiers Jours, offrant
Les beaux fruits tentateurs de l'Arbre de la Vie.

Ces fruits miraculeux, tous vous vouliez les voir !
Qui les avait goûtés prétendait tout savoir ;
Leurs noms pompeux étaient suaves à la bouche !
Art moderne, Progrès, Science, Liberté !
Et cependant, amis, malheur à qui les touche !
Prenez garde à ces fruits ! Un sort leur fut jeté.

Prenez garde, nouveaux Adams, nouvelles Èves !
Quelque réveil terrible est au fond de vos rêves !
Dans le suc de ces fruits est l'ivresse et la mort !
Craignez que devant vous cet Ange ne surgisse,
Qui montre le chemin fatal par où l'on sort
Des Édens qu'a fermés l'Éternelle Justice.

Ils étaient doux, pourtant, ces Édens merveilleux
Où s'écoulait la vie heureuse des aïeux.
O l'ineffable paix de la vieille chaumière,
Sur la lande, au détour d'un bois, au bord des flots,
Où se gardait toujours l'innocence première,
Entre le grand foyer et les petits lits clos.

O reliques d'un âge où tout semblait plus stable,
O l'armoire et l'horloge et le banc et la table,
Meubles légués aux fils par les pères mourants !
Bois sacrés qu'ont polis les mains de nos grand'mères,

Que la simplicité dont vous êtes garants
Nous apprenne à douter de toutes les chimères.

Ils vivaient, nos aïeux, dans le même horizon,
Et des murs de l'église au seuil de la maison,
A travers quelques champs, leur vie était bornée ;
Et nous ne savons plus dans quel calme pour eux,
Au coin de l'âtre clair, s'achevait la journée...
Plus riches, plus savants, sommes nous plus heureux ?

Nous avons élargi l'horizon et le rêve !
La vue est aussi faible et l'heure est aussi brève !
Dans nos bras plus ouverts pouvons nous plus saisir ?
La soif qui nous brûla, combien l'ont assouvie,
Que son nom fût Richesse ou Science ou Plaisir ?
Plus les désirs sont courts et plus longue est la vie !

O frères, croyez moi ! J'ai vu dans les chemins
Des hommes qui criaient et se tordaient les mains
De s'être ainsi jetés dans la grande mêlée.
Pour un victorieux, combien de pauvres fous
Pleurent amèrement l'espérance envolée...
Pourquoi courir si loin ? Bretons, restez chez vous !

Et défendez chez vous votre âme et votre terre.
Demeurez à jamais, la race forte, austère,

Que les envahisseurs n'abâtardiront pas !...
« Délaissez, disent ils, costumes, langue, usages ! »
Ceux qui parlent ainsi veulent tout jeter bas ;
Repoussez les ; serrez vos rangs et soyez sages.

Aimez votre pays jusque dans son passé.
Et veillez que jamais rien n'en soit effacé ;
Contre l'invasion il vous donne des armes.
Portez l'ancien habit sottement rejeté !
Parlez la langue encor, cette vieille a des charmes,
Et gardez vos vertus : douceur et fermeté.

Le passé glorieux fait l'avenir prospère.
Vivez dans la maison où vécut votre père ;
Le travail y paraît plus doux dans le devoir,
Et nulle part ailleurs la moisson n'est plus ample
Des vertus du foyer qu'un Breton doit avoir.
Donnez en la leçon, ayant reçu l'exemple.

Aimez avec respect les vieux parents. Soyez
Le bâton qui soutient leurs pauvres corps ployés.
Aimez d'un saint amour votre femme, la mère
De vos enfants. Aimez ceux ci d'un juste orgueil.
Les humbles, ceux à qui l'existence est amère,
Les pauvres, aimez les et faites leur accueil.

Bretons dans le péril et chrétiens dans l'épreuve,
Gardez un Idéal où votre cœur s'abreuve ;
Le Réel triomphant fait les cœurs durs et froids.
Croyez en Dieu ! Ce Dieu qu'on raille et qu'on insulte,
Comme sur nos menhirs en vous plantez sa Croix,
Et sans honte, au grand jour, rendez lui votre culte.

Je vais mourir. Adieu ! Tel est mon testament
Et tel je vous exhorte en ce dernier moment...
O sagesse, ô fleur d'or, vainement poursuivie,
Toi qui fus mon seul rêve et mes seules amours,
Puissent ils te cueillir, douce fleur de la vie,
Et puisses tu fleurir en Bretagne toujours.

                         MARIE

Poète, ils cueilleront la fleur des landes. Telle
A vécu la Bretagne et telle désormais
Elle vivra, gardant sur ses plus fiers sommets
La farouche beauté de la fleur immortelle.

N'est elle pas le roc aux solides parois,
Plus haut que les dédains et plus dur que les haines !
Les portes des maisons s'y font du cœur des chênes
Et c'est en plein granit qu'on y taille les croix.

Poète, dors en paix. La Bretagne est fidèle.
Elle ouvre largement ses bras à l'avenir ;
Mais, fière du passé que rien ne peut ternir,
Elle saura veiller sur ses fils autour d'elle.

Elle a comme autrefois ses robustes marins,
Et ses fiers paysans avec ses braves prêtres...
Tous y veulent garder, ainsi que leurs ancêtres,
Les mêmes libertés avec les mêmes freins.

Nos femmes, la Bretagne est souriante en elles !
Ont encor leurs fuseaux avec leur chapelet ;
Et nos petits enfants y boivent le bon lait
Qu'on tette au sein et mieux aux lèvres maternelles.

Notre Bretagne, elle a ses poètes encor !
Et pendant que, tressant couronnes et guirlandes,
Elle t'offre en nos mains les fleurs d'or de ses landes,
Ils effeuillent vers toi leurs rimes, ces fleurs d'or.

Les Trois Prières

EN LA CATHÉDRALE DE QUIMPER

A M. E. RENAN,
après une lecture de « La double Prière ».

Oui, lorsque la nuit vient, quand l'ombre sépulcrale,
Lentement, doucement, emplit la Cathédrale,
    Et lorsque, le long des piliers,
Les dernières clartés glissent, se suivant toutes
    Avec des rythmes réguliers,
Et semblent s'attacher aux nervures des voûtes ;

Lorsque, s'affaiblissant vers les murs latéraux,
Sur la pourpre, sur l'or et l'azur des vitraux
    Le jour mourant se cristallise,

Et, prêt à disparaître en un rayonnement,
Dans les verrières de l'église,
Allume la splendeur de son dernier moment ;

Lorsque, la nuit venue, au fond de la nef sombre,
On voit briller, lueurs mystiques de cette ombre,
Les lampes, ces étoiles d'or,
Voici que, dans la solitude et le silence,
S'élevant d'un plus libre essor,
De notre cœur vers Dieu la prière s'élance.

Ô Maître, allons prier ! A ce déclin du soir,
Il est doux de marcher ensemble et de s'asseoir
Dans cette abside solitaire
Et de s'abandonner aux troubles renaissants
Qu'éveille le divin mystère,
Au milieu du parfum des fleurs et de l'encens.

*
* *

Le Philosophe pense à l'Avenir. Il sonde
Les problèmes troublants de notre humanité ;
Il rend hommage à la Puissance, à la Bonté
Du Créateur vivant dans la gloire du Monde,

Sous le tressaillement des seins et des cerveaux,
Il constate le Dieu présent, dont il honore,
Dans l'Homme et l'Univers, l'Œuvre incomplète encore
Mais qui doit se parfaire en des efforts nouveaux.

Il s'offre pour aider l'Action Infinie,
Ouvrant à l'Avenir l'espoir de jours meilleurs,
Car la force du Maître est dans les travailleurs
Dont les bras aideront l'acte de son génie.

Soyons des instruments dociles dans sa main.
Dure est souvent la tâche et longues sont les fièvres ;
Le murmure jamais ne souillera les lèvres
Du pieux ouvrier des bonheurs de Demain.

Nous acceptons sur nous qu'un poids s'appesantisse
Plus lourd, et, résignés aux injustes fardeaux,
C'est volontairement que nous courbons le dos :
Il faut du temps à Dieu pour être la Justice !

Cependant nous voulons la Joie et la Beauté
Et le Plaisir permis dans le culte des Charmes ;
Mais soumis au Devoir, à la Souffrance, aux Larmes,
Nous aimons la Douleur, cette autre Volupté.

Et, l'Œuvre Humaine ainsi vaillamment poursuivie,
Fiers d'avoir aidé Dieu dans le progrès du Bien,
Sans lui rien demander, sans même espérer rien,
Nous attendons la Mort, ce repos de la Vie.

*
* *

Le Poète, lui, rêve au Passé radieux :
Du rivage des mers à la longue montagne,
Devant elle chassant toujours les anciens Dieux,
La croix du Bon Sauveur a conquis la Bretagne.

Enfermés dans la hutte à l'abri des grands bois,
Voici qu'ont pullulé les pieux solitaires,
Et, leur payant le prix des âmes aux abois,
Ducs et seigneurs soumis fondent des monastères.

Ils montent vers le ciel les fins granits bretons,
Suspendus aux portails en riches broderies,
Et les clochers à jour, juste orgueil des cantons,
Dans la paix des couchants, mêlent leurs sonneries.

Les Églises partout s'élèvent. On entend,
Des rochers de la Manche aux sables de la Loire,
Vibrer les unissons du cantique éclatant
Qui chante le Saint Nom de Jésus et sa gloire.

O dogme merveilleux, tes multiples accents
Ont séduit mon oreille et mon cœur de poète,
Et, sous l'obsession mystique de mes sens,
Mon esprit est docile et ma raison muette !

J'aime comme un enfant tes saints et tes martyrs,
Grandis dans les mépris du monde et ses insultes :
Pour leurs virginités ou pour leurs repentirs,
Tu n'as pas deux autels et tu n'as pas deux cultes.

Tes prêtres chapés d'or, de soie et de velours,
Je les aime, en l'éclat de tes cérémonies,
Lorsque, dans la raideur de leurs ornements lourds,
Ils bénissent la foule au chant des Litanies.

Et je tombe à genoux sous l'encens et les fleurs,
Aux fanfares de l'orgue, à la lueur des cierges ;
Mon cœur a des sursauts et mes yeux ont des pleurs :
Il est mon Dieu, le Dieu des Martyrs et des Vierges !

Il est mon Dieu, le Dieu dont l'extatique émoi
Abreuva d'idéal ma soif inassouvie,
Le Dieu qui dans ma vie humaine vit en moi,
En qui je revivrai pour l'Éternelle Vie !

*
* *

Maître, est ce là prier ! Est ce ainsi que l'on prie ?
Oui, c'est votre pensée et c'est ma rêverie ;
   Le Seigneur les bénira t'il !
Ce regard en avant, ce regard en arrière,
   Quelque Credo vague ou subtil,
Est ce tout ? Est ce assez ? Est ce bien la prière ?

Cette prière unique et la même en tout lieu,
Cette prière ardente et douloureuse et brève,
Qui n'a pas de système et qui n'est pas un rêve,
Qui monte comme un cri de notre âme vers Dieu !

O prière naïve et toujours exaucée,
Heureux qui sait te dire avec simplicité !
Il en est, et j'en garde au fond de ma pensée
Un exemple touchant qu'un prêtre m'a conté.

*
* *

Devers l'an treize cent dix, et près de la ville
De Lesneven, naquit, fils de race servile,
Un pauvre être, voué d'avance à tous les maux,
Qu'on nomma Salaün sur les fonts baptismaux.

Cet enfant souffreteux, rebut de la nature,
Était laid ; son esprit avait peu d'ouverture,
Si peu qu'en la maison d'école où l'avaient pris
Les moines, Salaün avait à peine appris
A parler, ne semblant rien voir ni rien entendre.
Son regard était triste et son sourire tendre,
Mais de cette tristesse et de cette douceur
Des idiots, vivant dans un rêve obsesseur.
Du moins, son rêve était de très pieuse espèce,
Car, dans le bégaiement de cette langue épaisse,
Au doux clignotement de ces yeux insensés,
On distinguait deux mots à peine prononcés,
Les seuls qu'il dît : *Ave Maria !* Sa science
Se bornait là ; c'était, dans cette déchéance
De tout son être, comme un éclair de raison.

Ses parents étant morts, il quitta leur maison,
Et, comme il ne savait aucun métier pour vivre,
Il allait mendier son pain, dit un vieux livre,
Et marchait chaque jour par le même chemin,
De Lesneven à Guic Elleau, tendant la main,
Pieds nus et mal couvert d'un lambeau de futaine.

Il avait pris asile, au bord d'une fontaine,
Dans un bois et dormait sur le sol, à l'abri
D'un vieux chêne aux rameaux noueux, au tronc pourri.
Chaque jour, quelque temps qu'il fît, en grand liesse,
Il venait à l'Église, ouïr la Sainte Messe,
Accroupi, dans un coin, le pauvre paria,
Tout seul et murmurant ses *Ave Maria*.
Et, lorsqu'il en avait dit des mille et des mille,
Il allait demander l'aumône par la ville,
Pour revenir bien vite au bois de Guic Elleau.
Quand il faisait grand froid, il se jetait dans l'eau
Et restait très longtemps, baigné jusqu'aux aisselles,
Grelottant. Tout à coup, comme s'il eût des ailes,
Il sautait dans le chêne, où, tantôt chevauchant
L'arbre et tantôt pendu par les mains, au doux chant
De l'*Ave Maria* souriant sur ses lèvres,
Il demeurait des jours entiers, tremblant les fièvres

Et regardant en l'air, toujours, sans savoir où...
Aussi, ceux du pays l'avaient nommé Le Fou !

Un matin, des soldats de Blois, battant l'estrade,
L'arrêtèrent : « Holà, dis nous, mon camarade,
Qui donc es tu ? Breton, Français, Blois ou Montfort ? »
Et, le tenant toujours, ils le houspillaient fort,
Étonnés qu'il gardât cet obstiné silence ;
Quand, soudain, menacé par le fer d'une lance,
Le fou joignit les mains lentement et pria.
Et c'était si touchant, cet *Ave Maria*
Psalmodié devant cette troupe en furie !...
« C'est quelque serviteur de madame Marie,
Dit le chef, et qui n'est ni pour ni contre nous ;
Laissons le. » Salaün, mains jointes, à genoux,
D'une si douce voix récitait sa prière
Que tous, en s'en allant, regardaient en arrière
Son front qui leur semblait rayonnant et ses yeux
Dont le regard avait comme un reflet des cieux...

Et, sans avoir connu ni l'amour ni la haine,
Le fou vivait depuis longtemps au pied du chêne,
N'ayant parlé que pour prier, quand, une nuit
De l'an de grâce mil trois cent cinquante huit,
Repoussant les bons soins des femmes du village

Qui voulaient l'emmener dans leur maison, vers l'âge
De cinquante ans, le pauvre agonisant cria
Pour la dernière fois un *Ave Maria,*
Les seuls mots qu'il eût dits pendant sa vie entière,
Et mourut...

      On creusa sa fosse au cimetière
De Guic Elleau.

      Les jours passèrent et les jours.
On avait oublié Salaün pour toujours
Et nul ne parlait plus de lui dans la contrée,
Lorsque, par un miracle éclatant, fut montrée
La gloire dont Marie et son fils Tout Puissant
Voulaient qu'on illustrât Salaün l'Innocent.
Sur la tombe du fou délaissée, ô prodige !
Fleurit un lys si blanc, dressant sa haute tige,
D'une si douce odeur et d'un si vif éclat,
Qu'il n'était pas un bon chrétien qui ne parlât
De cet événement, très loin, dans les domaines.
Ce lys miraculeux vécut là six semaines,
Et chacun put le voir et constater encor
Sur ses feuilles, tracés en caractères d'or,
Ces mots bénis : *Ave Maria !...* La nouvelle
Du miracle, car c'est ainsi que Dieu révèle

La sainteté de ceux qu'il choisit, rassembla
Un grand concours de peuple ; et les gens venus là,
Des gens de tout état et de toute paroisse,
Afin que le renom du Bienheureux s'accroisse
Et pour perpétuer un miracle si beau,
Pensèrent qu'on devait honorer d'un tombeau
L'humble corps que le ciel marquait par de tels signes.
On choisit donc, parmi les hommes les plus dignes,
De pieux travailleurs pour creuser tout autour
Du beau lys, et chacun fit son œuvre à son tour.
Et quand la fosse fut entièrement creusée,
Quand la tête apparut, souriante et rosée,
Plus belle qu'autrefois, alors ce fut un cri :

Sur les lèvres du Saint le lys avait fleuri !

*
* *

O Maître, allons prier ! Salaün nous appelle !
Là, derrière le chœur, je sais une chapelle
        Dont l'asile s'ouvre pour nous :
J'y veux dire avec vous la prière bretonne,
        Celle qu'on récite à genoux,
Mains jointes, d'une voix très lente et monotone.

O Maître, allons prier ! Elle est très douce au cœur,
Notre vieille prière ! Et quel accent vainqueur,
   Et quelles grâces souveraines !
Quel espoir, quelle force on puise dans ces mots
   Où nos mères et nos marraines
Ont enfermé pour nous le baume à tous les maux.

O Maître, allons prier ! La prière si tendre
A nos lèvres d'enfant, souhaitons de l'entendre
   Réciter encore à nos fils ;
Et les mâles efforts et les saines pensées,
   Pareils à des moissons de lys,
Viendront fleurir aussi leurs âmes exaucées !

Cloches d'Automne

A François Coppée.

Les Poètes s'en vont, quand tombent les vesprées,
Mélancoliquement, loin de la ville, à l'heure
Où le mourant soleil se couche au ras des prées.
De tranquilles vapeurs s'accrochent empourprées
Au sommet des buissons qu'un rayon pâle effleure.
Et les Poètes vont, épris du même leurre,

C'est le même éternel inéluctable leurre
Autour d'eux plus intense au calme des vesprées.
Une mélancolie éparse les effleure

Quand aux clochers lointains lentement tinte l'heure,
Et que descend, du haut des cimes empourprées
Le grand deuil de l'Automne et du Soir sur les prées.

Et les Poètes vont, regardant par les prées
Les jaunes peupliers frissonner sous le leurre
De ce morne soleil aux langueurs empourprées.
Et voici que, dans la tristesse des vesprées,
Les Cloches ont tinté cette angoisse de l'heure
Où le baiser se refroidit qui nous effleure.

O Poètes, le deuil du passé vous effleure :
C'est le même chemin, ce sont les mêmes prées,
Où, naguère, perdus dans l'ivresse d'une heure,
Appelant éternel ce qui n'était qu'un leurre,
Candides, vous suiviez dans l'ardeur des vesprées
Le fantôme de vos extases empourprées.

De ces vieux souvenirs demeurent empourprées
Les âmes que toujours une chimère effleure ;
Mais, ô Poètes, par les languides vesprées,

Que tristes désormais vous paraissent les prées,
Dans la vision claire et soudaine du leurre
Dont l'amer souvenir vous obsède à cette heure.

Cependant de plus en plus vague sonne l'heure
Et meurent au couchant les traces empourprées
Dont le dernier éclat n'était qu'un dernier leurre.
Et, dans la nuit dont l'aile brune les effleure,
Les Poètes s'en vont plus graves dans les prées
Où s'efface la rose douceur des vesprées.

Dans la vesprée, ô Poètes, saluez l'heure
Où la prée au couchant s'illumine empourprée,
Quand vous effleure un son de Cloches, dernier leurre !

TABLE

—

CARILLONS POUR DES AMIS

TABLE 181

LES CLOCHES

Achevé d'imprimer

le dix Décembre mil huit cent quatre-vingt-dix

par

GRAVAT-ECHILLET & LEMERCIER

à *NIORT*

pour

ALPHONSE LEMERRE, EDITEUR

à *PARIS*

POÈTES CONTEMPORAINS

Volumes in-18 jésus, imprimés en caractères antiques sur beau papier vélin. Chaque volume 3 francs.

J. GUY ROPARTZ . . .	*Modes Mineurs*	1 vol.
— —	*Intermezzo*	1 vol.
LOUIS SALLES. . . .	*Les Amours de Pierre et de Léa*. .	1 vol.
— —	*La Vie du cœur*	1 vol.
— —	*Les Fantasmagories*	1 vol.
ARMAND SILVESTRE . .	*Les Renaissances*	1 vol.
LAURENT TAILHADE . .	*Le Jardin des rêves*	1 vol.
ANDRÉ THEURIET. . .	*Le Bleu et le Noir* (épuisé). . .	1 vol.
— — . .	*Le Chemin des bois* (épuisé) . .	1 vol.
— — . .	*Le livre de la payse*	1 vol.
THILDA	*Lés Froufrous*	1 vol
LOUIS TIERCELIN . . .	*Les Asphodèles*	1 vol.
— —	*L'Oasis*	1 vol.
— —	*Les Cloches*	1 vol.
PAUL DE TOURNEFORT .	*Les Traversées*	1 vol.
— —	*L'Immortelle Chanson*	1 vol.
FRÉDÉRIC TURRIÈRE . .	*Çà et là*	1 vol.
HÉLÈNE VACARESCO . .	*Chants d'Aurore*.	1 vol.
ANTONY VALABRÈGUE .	*Petits Poèmes parisiens*	1 vol.
MARIE DE VALANDRÉ. .	*Au bord de la Vie*	1 vol.
LÉON VALADE. . . .	*A mi-côte*	1 vol.
VALIBOUZE-RIBES. . .	*Par ci, par là*	1 vol.
MAURICE-VAUCAIRE . .	*Arc-en-Ciel*	1 vol.
—	*Effets de Théâtre*.	1 vol.
VALENTIN	*Poésies*	1 vol.
DELLA ROCCA DE VERGALO	*Le Livre des Incas*	1 vol.
EMILE VERHAEREN . .	*Les Moines*	1 vol.
PAUL VERLAINE . . .	*Poèmes saturniens*	1 vol.
GABRIEL VICAIRE. . .	*Le Miracle de Saint Nicolas*. . .	1 vol.
PAUL Y	*Un Deuil*.	1 vol.
JEAN DE VILLEURS . .	*Songes bleus*	1 vol.

IMP. GRAVAC-ECHILLET ET LEMERCIER, NIORT.

www.ingramcontent.com/pod-product-compliance
Lightning Source LLC
Chambersburg PA
CBHW070841030726
47504CB00005B/1180